일반인인 나를 예능과 여학생들이 가만두지 않는다

글 —— 제제제　　일러스트 —— 캇토

미나세 나기사
minase nagisa
어릴 때부터 아역으로
활약한 현역 여배우.
연기자로서 호쿠조 유야를
동경하는데……?

아오이 유토
aoi yuto
국민적 인기 배우 호쿠조 유야의
아들로, 평온한 생활을 바라는
고등학교 1학년생.

홋타 아카리
hotta akari
유토와는 어릴 적부터 소꿉친구 사이.
현재 예능과에 다니며
아이돌을 목표로 하고 있다.

"책 읽기 힘들거든?"

"내 머리에 올려둬도 괜찮아~.
딱 좋은 위치에 있잖아?"

"자, 여기."
"아니…… 괜찮은데."

"왜! 좋아하잖아?! 허벅지!"

일반인인 나를 예능과 여학생들이 가만두지 않는다

가만두지 않는다

글 ── 제제제

일러스트 ── 캇토

CONTENTS

illustration:캇토

고등학교 입학식 전날 밤.

나, 아오이 유토는 맨션 창문을 통해 들어오는 봄의 밤바람을 맞으며 몇 번이나 읽었던 연애 소설을 펼쳤다.

영화로도 제작된 이 소설은 눈물을 자아내는 스토리뿐만 아니라 관객을 매료시키는 주연배우의 연기 덕분에 개봉된 해의 영화상을 휩쓸어 지금까지 전설로 회자되고 있었다.

나도 배우를 보기 위해 몇십 번이나 그 영화를 감상했고, 머릿속에 배우의 대사, 표정, 시선의 이동까지 전부 각인되어 있다.

"욕실 써도 돼~…… 어머, 또 읽는 거야? 유토."

욕실에서 나온 엄마가 젖은 머리카락을 수건으로 감싸며 내 옆에 앉았다.

"응. 텍스트로 읽은 후에 영화를 보면 퀄리티가 높다는 걸 더 잘 체감할 수 있거든. 엄마도 원작 읽어보지 그래?"

나는 책에 책갈피를 끼워 탁자에 올려둔 후, 독서로 굳은 몸을 풀기 위해 기지개를 켜며 소파 등받이에 깊게 몸을 묻었다.

"연애물은 취향이 아니라……. 그리고 나는 남편만 본다는 걸 유토도 알잖아?"

엄마는 가볍게 웃고, 넓은 방을 콧노래로 채우며 자기 머리카락을 손질했다.

엄마는 아버지의 이야기를 할 땐 항상 즐거워 보였다.

나와 피가 이어진 친부, 호쿠조 유야는 일본에서 모르는 사람이 없을 정도로 유명한 연기파 배우다.

아까 읽은 연애 소설의 영화 주인공도 호쿠조 유야가 맡았다.

"아, 그이가 또 주연을 맡았대. 보러 가야지."

탁자 위의 리모콘을 집어 든 엄마가 TV 전원을 켜자, 화면 우상단에 호쿠조 유야가 주연을 맡았다는 자막과 함께 여성 아나운서가 호쿠조 유야를 인터뷰하는 영상이 흘러나왔다.

그리고 그걸 바라보는 엄마의 옆모습은 어쩐지 기뻐 보였다.

──엄마는 결혼한 적이 없다.

엄마에게 들은 이야기로는, 엄마는 나의 외조부모가 방송 업계에 연이 있던 것을 계기로 아버지와 알게 되었다고 한다. 아버지의 팬이었던 엄마는 그에게 적극적으로 다가갔고, 결국 내가 생겼다.

젊을 적, 국보급 미남으로 유명했던 아버지는 여성 팬이 대부분이었다. 이 일로 연예계를 떠나려고 했지만, 엄마가 "이 아이를 낳게 해 준다면 아무것도 바라지 않을 테니까 부디 계속 활동했으면 좋겠어"라는 부탁을 먼저 했다고 한다.

결국 나의 존재는 세간에 공표되지 않았고, 호쿠조 유야는 활동을 이어 나갔으며, 우리에게 경제적 지원을 해 주고 있다.

그 덕분에 생활고에 시달릴 일도 없이 둘이 살기에는 무척 넓은 타워 맨션에 살 수 있게 된 것이다.

나를 낳을 당시 아직 어렸던 엄마는 부모님에게도 아이 아빠의 정체를 숨겼고, 엄마의 아버지, 즉 내 외할아버지에 의해 집에서 쫓겨났다고 한다.

그런 연유로 나는 어렸을 때부터 가끔 만나러 와 준 할머니 외의 다른 친척과 만난 적이 없다.

"자, 빨리 씻고 자야지. 내일부터 학교 가야 하잖아? 수면 부족으로 어두운 표정 지었다가는 친구도, 여자친구도 안 생길 거야."

수면 부족이든 아니든 내 표정은 항상 어둡다는 말을 속으로 삼키고, 나는 욕실로 가기 위해 일어서려 했다.

"아. 그래도 역시 첫날부터 여자친구 만들진 마. 그런 건 좀 더 상대를 알아가는 기간을 거친 후에 만들어야지."

"첫날이든 나중이든 여자친구는 못 만들어."

사춘기 남자애에게 엄마가 이런 말을 해도 되는 걸까. 욕실로 향하려는 날 굳이 막아 세우고 이상한 말을 하기에 나는 작게 한숨을 쉬었다.

"그게 무슨 말이야. 아빠 젊었을 적이랑 똑 닮은 데다가 내

피까지 이었으니까 선배들까지 관심을 보일지도 모른다구."

"……내가 그렇게 아버지랑 닮았어?"

장난스러운 말투로 내뱉는 엄마의 말에 넘어가고 말았다.

"닮았지…… 예전엔 내 유전자가 50퍼센트 정도로 섞였다면, 요즘은 아빠가 80퍼센트인 느낌?"

그 말을 들으니 떠오르는 걱정거리가 하나 있었다.

"……안 들킬까? 내가 아버지의 아들이란 거."

걱정되어서 그렇게 말하자 엄마는 웃음을 터뜨리며 그 불안을 날려 버렸다.

"닮은 것만으로 누가 피가 이어진 부자라고 생각하겠어. 만일 그렇게 감이 예리한 사람이 있으면 놀랍겠지만, 먼 친척이라고 대충 얼버무리면 어떻게든 될걸?"

"……그런가."

마음 한구석에 작은 불안이 남아 있는 채로 그렇게 중얼거린 후, 나는 탈의실로 향했다.

"……닮았나?"

탈의실에 있는 세면대 거울을 응시하며 스스로에게 혼잣말처럼 질문을 건넸다. 나는 잘 모르겠지만 엄마가 자신 있는 목소리로 닮았다고 했으니 그 말이 맞겠지.

만일 들킨다면 당연히 호쿠조 유야의 커리어에 금이 갈 테고, 호쿠조 유야에게 비판 댓글이 쏟아질 것이며, 그것을 본 엄마는 마음 아파할 것이다.

그런 결과는 피하고 싶다.

"——너무 의식하는 것도 별로야."

나는 내일부터 시작될 새로운 생활을 평범한 고등학생으로서, 그저 평범한 환경에서 자라 온 일반인으로서 지내면 된다.

그렇게 머릿속으로 정리하니 기분이 조금 가벼워진 듯했다.

1장 ◦◦ 친구의 선은 어느샌가 넘어섰다

"……일어날까."

입학식 당일, 봄방학 중에는 절대 울리지 않았던 알람 소리가 날 억지로 잠에서 깨웠다.

조금 무거운 겨울용 이불에서 나와, 침대 옆 커튼을 걷자 하늘에 이미 떠 있는 태양이 내 눈을 환하게 비췄다.

"눈부셔……."

구름 한 점 없는 푸른 하늘에 환하게 떠 있는 태양이 마치 새로운 일상을 시작하는 학생들을 축복하는 듯했다.

이 태양을 본 전국의 교장들은 자기 가슴 주머니에 넣어둔 원고에 '따사로운 봄 햇살이 지켜보는—'이라는 서두를 추가하겠지.

"엄마. 좋은 아침."

"좋은 아침……. 어제보다 얼굴이 어른스러워졌네. 역시 고등학생이 되어서인가?"

"하루 만에 그렇게 변할 리 없잖아."

아직 잠이 덜 깬 머리에 직격하는 엄마의 농담을 가볍게 넘기고, 식탁 위에 놓인 아침 식사를 사무적으로 입에 넣었다.

"——이어서, 다음 달 개봉할 영화에 출연하는……."

아침 뉴스 방송을 라디오처럼 들으며 식사를 마치고, 준비를 마친 후 방으로 돌아와 신입생 특유의 조금 넉넉한 교복 소매에 팔을 집어넣었다.

"……응! 역시 아빠의 피를 물려받아서 뭐든 어울리네~!"

"엄마. 옷 입을 때마다 똑같은 말 하지 말아 줘."

방을 나와 거실로 돌아가자 기쁜 듯이 입꼬리를 올린 채로 날 기다리고 있던 엄마가 맞이해 줬다.

이런 걸 아들 바보라고 하던가. 그런 생각을 하며 의자에 놓인 새 가방을 집어 들었다.

"그럼, 다녀오겠습니다."

"다녀와."

그 목소리를 뒤로하고, 나는 아직 조금 남은 잠기운을 햇빛으로 몰아내며 복도 끝에 있는 엘리베이터로 향했다.

외출할 때마다 당연히 해 왔던 행위인데도 고등학교 생활 첫날이란 전제가 붙었다고 조금 특별하게 느껴지는 건, 나도 마음 한편으론 새 생활을 기대하고 있었다는 증거일까.

"좋은 아침~!"

그런 생각을 잘라내듯이 등에 충격이 와닿았다. 시야 끝에는 내 등에 부딪혔던, 마찬가지로 새것 느낌이 나는 가방이 있었다.

"……아침부터 기운 넘치네."

"뭐야! 유토. 좋은 아침, 하고 인사하면 너도 좋은 아침이라고 대답해야지!"

"······아카리, 좋은 아침."

"응! 잘했어."

나와 같은 층에 사는 홋타 아카리.

아주 어릴 때부터 같이 지낸, 이른바 소꿉친구라는 관계.

어릴 때부터 지금까지 여전히 에너지 덩어리인 녀석이다.

"널 보면 내 기까지 빨리는 것 같아······."

"아하하! 유토의 기를 빨아가면 나까지 기운이 없어질걸!"

"······내 기운이 독이라도 된다는 거야?"

어릴 때와 변함없는 거리감으로 아카리의 페이스에 휘둘리면서, 문이 열린 엘리베이터에 올라탔다.

"그건 됐고. 기운이 없는 건 유토가 체력이 없어서 그런 거 아냐? 운동해야지, 자!"

그렇게 말하며 아카리가 내민 가방을 나는 아무 말 없이 받아 들었다.

저항해도 소용없다는 것은 이미 몇 년 전에 깨달았다.

"그보다 걱정이야······. 나, 친구 만들 수 있을까?"

"네가 친구를 못 만들 정도면, 친구를 사귈 수 있는 사람이 아무도 없을걸."

"으응? 그래도 불안하긴 하잖아. 아~, 유토랑 같은 반이면 좋을 텐데~."

"학과가 다르니까 그건 안 되겠지."

1층에 도착한 엘리베이터의 열림 버튼을 누르며 그렇게 말하자, 아카리는 "그건 나도 아는데~"라며 먼저 엘리베이터에서 내렸다.

우리가 다니는 사립 이치요 고등학교는 한 학년 인원이 천 명을 넘는 대규모 학교로, 그 안에는 보통과, 진학과, 음악과, 예능과 등 다양한 학과가 존재한다.

"그런데 말이야~, 왜 유토는 예능과에 지원 안 했어? 성격은 어두워도 그 얼굴이라면 분명 합격했을걸."

"쿨한 성격이라고 표현해 줄래? 그리고 전에도 말했잖아. 성격상 별로 주목받고 싶지도 않고, 그냥 평범하게 살고 싶다고."

"아무리 생각해도 아깝단 말이지……. 뭐, 진학과라면 유토랑 비슷한 애들이 많이 있을 테니까 친구 만들기는 더 쉬우려나?"

진학과에 실례되는 말인 것 같지만, 하나하나 신경 썼다간 끝이 없으므로 넘어가기로 한다.

"그보다, 나 교복 엄청 잘 어울리지?!"

그렇게 말하며 아카리는 허리에 손을 두고 멋들어지게 입은 교복 차림을 자랑한다.

이 녀석에게 안 어울리는 옷이란 없었다.

애초에, 또래 중에선 비교 대상이 없을 정도로 외모가 훌륭하다.

본인도 그걸 자각하고 있는지, 가끔 보이는 자신만만한 표정조차 매력을 강조하는 악센트가 되었다.

"어차피 칭찬 안 하면 화낼 거면서. 어울리는 건 맞지만 말이야."

아카리가 "흐흥" 하며 콧소리를 내더니 우쭐한 표정으로 가슴에 손을 얹었다.

"아이돌 지망생이니까 어떤 옷이든 소화해 내야지!"

어릴 때부터 아이돌이 되겠다며 당당히 선언하던 아카리는 고민도 하지 않고 예능과 진학을 결정했다.

소꿉친구 콩깍지일지도 모르지만, 아카리가 지닌 밝은 성격은 TV에 나오는, 사람들에게 힘을 불어넣어 주는 아이돌에 가깝다고 생각한다.

통학로를 걷다 보니 주변에도 같은 교복을 입은 고등학생들이 늘어났다.

그와 동시에 우리…… 아니, 아카리를 향한 시선도 늘어났다.

한눈으로도 알 수 있는 뛰어난 외모에 또래 여성이 부러워할 만한 하얀 피부는 지나가는 모든 이의 시선을 끌어당겼다.

"아, 왠지 슬슬 긴장 풀리는 것 같아."

"……그러냐."

지금도 시선이 늘어나고 있음에도 불구하고 긴장이 풀렸다는 어이없는 소리를 내뱉는 소꿉친구를 보니 황당했지만, 평소처럼 가벼운 태도라 안심되었다.

소꿉친구와 평소처럼 대화를 나누는 사이, 사립 이치요 고등학교라고 적힌 간판과, 고등학교치고는 무척이나 커다란 교문이 시야에 들어왔다.

중학생 땐 상상도 못 했을 정도로 많은 학생이 오가는 모습은 새로운 생활의 시작을 예감하게 만들기에 충분했다.

역시 재학생 수천 명 규모의 학교는 다르긴 다른 걸까. 광활한 부지를 걸으며 학년별로 나뉜 건물의 가장 안쪽, 1학년용 건물에 도착했을 땐 가벼운 산책을 마친 기분마저 들었다.

학교 부지의 북쪽에 있는 1학년 건물은, 주로 예능과와 음악과 수업에 쓰여서 다른 과 학생들은 좀처럼 가볼 일 없는 연습동과, 일반 교실이 모여 있는 학습동으로 나뉘어 있다.

다른 층에 교실이 있는 아카리와는 계단에서 헤어진 후, 보통과, 진학과 교실이 있는 1층 복도를 혼자 걸었다.

몇 개의 교실을 지나 가장 안쪽. 반이 하나밖에 없는 진학과. 1학년 1반.

그 교실 앞에 도착하니 교실 앞문에 좌석표가 붙어 있는 것이 보였다.

창가로부터 첫 번째 줄. 앞에선 두 번째 자리.

아오이라는 성씨를 지닌 나는 지금까지 출석번호 1번을 다른 사람에게 내준 적이 없었는데, 아무래도 나의 전설적인 기록은 고등학교에서 종결을 맞이한 듯하다.

고등학교의 만만치 않은 레벨을 실감하면서 아직은 자리가 많이 비어 있는 새 책상들을 곁눈질로 훑으며 내 자리로 향했다.

첫날이어서 그런지 교실 안은 조용했다.

내 자리에 도착하여 가장 먼저 보인 것은 왼쪽 창문 너머로 보이는 풍경이었다. 창밖으로 보이는 넓은 정원과 그 중앙에 있는 분수가 어쩐지 내 마음을 차분하게 만들었다.

교실에 있는 인원은 적지 않았지만, 다들 등교 첫날이라 그런지 대화가 적었다. 조용한 공간에 울려 퍼지는 건 거리감을 재는 듯한 소심한 대화와 분수의 물소리뿐이었다.

내 앞에 앉은 출석번호 1번, 아이다는 조금 긴장 섞인 교실 분위기는 전혀 신경 쓰이지 않는 듯했다. 창문을 통해 불어오는 봄바람에 긴 흑발을 휘날리며 짙은 갈색 북커버에 싸인 문고본 책에 몰두 중이었다.

그런 그녀의 모습을 아무 생각 없이 보고 있는데, 어느샌가 교실 앞쪽 문으로 담임으로 보이는 여교사가 들어왔다.

입학식 시작 시간까지 여유가 얼마 없는지, 우리는 가볍게 자기소개를 한 후 바로 입학식이 열리는 이벤트홀로 안내받았다.

가볍게 2천 명은 수용할 수 있을 만한 이벤트홀은 학교 행사나 음악과 학생의 시험 등 다양한 용도로 사용된다고 한다.

담임교사의 지시에 따라 부드러운 소재로 만들어진 좌석에 착석하여 입학식 시작을 기다렸다.

평소엔 볼 일 없었던 대규모 건물에 감탄하고 있자 교장으로 보이는 초로의 남성과 두 명의 여학생이 단상에 올라 왔다.

"──따사로운 봄 햇살에……."

통례적인 교장의 인사말을 흘려들으며 교장의 뒤에 있는 어학생들에게 시선을 옮겼다.

한 명은 같은 반 학생.

내 앞자리에 앉은 아이다였다. 인사를 마친 교장에게 마이크를 건네받은 그녀는 차분하고 맑은 목소리로 신입생 대표로서 인사했다.

긴장하는 기색도 보이지 않고 담담히 인사하는 모습은 그녀의 총명함을 돋보이게 했다.

아이다 다음으로 소개된 건 예능과 신입생인 미나세 나기사.

어릴 적부터 아역으로 활동했으며, 지금도 여고생 배우로 활동 중이라고 한다. 나도 엄마가 보던 드라마나 예능 방송에서 본 기억이 있는 듯했다.

몇 년 전 아역으로 아버지와 같은 작품에 출연한 적이 있어서 이름과 아역 시절 이미지는 기억에 남아 있었지만, 지금도 연예계 최전선에서 활약하는 줄은 몰랐다.

아이다가 미나세에게 마이크를 건넸을 때 홀 내의 분위기가 달아오른 것을 보면 인기가 상당한 듯했다.

무의식적으로 흘러나온 "엄청나다……"라는 작은 혼잣말은, 아이다와는 반대로 밝은 말투로 말하는 미나세의 목소리에 묻혀 사라졌다.

　입학식 내내 앉아있느라 뻐근해진 몸을 스트레칭으로 풀며 이벤트홀을 뒤로하자, '분수 앞에서 만나!'라는 아카리의 메시지가 도착해 있었다.

　아카리의 교실이 있는 2층에서도 정원의 분수가 잘 보였던 모양이다.

　입구에서 방향을 틀어 분수가 시야에 들어올 정도의 거리로 다가가자 눈에 들어온 건, 오늘 아침에도 본 소꿉친구의 얼굴, 그리고 그 소꿉친구와 사이좋게 대화 중인 여학생의 모습이었다.

　아카리와 같은 파란색 리본 넥타이를 맨 것을 보니 나와 같은 1학년인 듯했다.

　나는 아카리와 조금 거리를 두고 바로 발을 멈췄다.

　친구가 내가 모르는 다른 친구와 대화 중일 때 끼어드는 건 너무 리스크가 크다.

　주머니에서 스마트폰을 꺼내 친구와 용건이 끝나면 만나자는 메시지를 보내려 했으나, 불행하게도 눈치 없는 소꿉친구가 "유토—!" 하며 큰 목소리로 외쳤다.

　주변 학생들의 시선이 내게 몰린 상태에서 전속력으로 도망갈 수도 없는 노릇. 나는 담담히 두 사람 곁으로 다가갔다.

　"유토! 왜 이렇게 늦어!"

"어쩔 수 없잖아……. 홀에서 차례대로 나가려니 1반이 가장 마지막 순서였다고……."

타당한 이유를 들었는데도 불구하고 "으이구!" 하며 불만을 표시한 소꿉친구는 곧바로 표정을 확 바꾸고는, 옆에 있던 여자아이에게 "아. 아까 말한 내 소꿉친구, 유토야!" 라며 나를 소개했다.

나는 가볍게 고개를 끄덕여 인사를 했다. 아카리는 그런 내 쪽으로 다시 몸을 돌리더니 바로 오늘 사귄 친구를 소개했다.

"그리고! 이쪽이 오늘 친구가 된 무라이 히나타! 같은 반인데 배우 지망이래!"

"어어…… 처음 뵙겠습니다……."

"히나타, 얘랑도 친하게 지내 줘. 아마 유토는 친구를 못 사귀어서 침울해하고 있을 테니까."

"……내일부터 사귈 거야."

"역시 못 사귀었구나~?"

아래에서 내 얼굴을 들여다보며 놀리는 소꿉친구를 상대하고 있는데, 무라이가 속닥거리는 소리가 들려왔다.

"……아카리. 얘기가 다르잖아요."

"응? 뭐가?"

"미남이잖아요!"

바들바들 떨며 주먹을 꽉 쥐고 무슨 이야기를 하려나 했더니, 이상한 화를 내기 시작했다.

"뭐, 그럴지도 모르지만…… 그게 어때서?"

"성격은 어둡고 우리 학교 진학과에 입학할 정도로 공부만 팠다면서요! 그럼 보통은 더 음침하고 평범한 사람을 상상하게 되잖아요! 좀 더 이런…… 안경을 썼다거나!"

힘껏 강조하며 자신의 불만을 드러내는 그녀를 보자, 어쩐지 사람은 끼리끼리 모인다는 말이 정말이라는 생각이 들었다.

이상한 녀석 옆에 이상한 녀석이 늘어났다.

"저, 미남은 불편하다고요. '인생 별거 아니네'라고 말하는 듯한 그 얼굴이 견딜 수가 없어서…… 소꿉친구 씨! 당신도 그래요!"

"그런 생각은 한 번도 안 해봤는데……."

"거짓말! 그런 얼굴로, 거기에 머리까지 좋다니 분명 매일 여자를 옆에 끼고 다니겠죠! 최악이에요!"

"으음……."

"무슨 말인지 모르시겠어요?! 잘 보시라고요! 제 얼굴을! 화내고 있잖아요?!"

그 말을 듣고 얼굴을 보니, 주름이 져 있었다. 하지만 아카리와 견줄 정도로 귀여운 이목구비와 중학생에게도 질 듯한 작은 체격은 미간에 생긴 주름조차도 그저 소형견의 위협처럼 보이도록 했다.

"으앗! 그렇게 가까이 다가오지 마세요! 미남은 가까이에서 보면 해롭다고요!"

계속 바뀌는 말에 나도 모르게 한숨이 나왔다.

"……아카리. 좋은 친구를 사귀었네."

비꼬는 의미로 그렇게 말하자 이상한 것으로는 지지 않는 소꿉친구가 "응!" 하며 기쁜 표정으로 대답했다.

……이상한 녀석한테는 비꼬는 말도 칭찬으로 들리는 모양이다.

◆

"그보다, 예상이랑 달랐어~."

"뭐가?"

귀갓길. 통학로를 걷던 아카리가 중얼거렸다.

참고로 아카리의 집에 놀러 간다는 무라이는 지금도 낯가리는 고양이처럼 내게 경계의 시선을 보내고 있다. 아니, 노려보고 있다.

그보다 등교 첫날에 뭘 하면 집에 초대할 정도로 사이가 좋아질 수 있는 거지?

"생각해 봐. 난 아이돌 지망생이니까 남자친구를 만들 생각은 없지만, 예능과에는 멋있는 사람이 많을 것 같잖아? 그래서 조금은 기대했는데 말이야~."

"저는 기대 안 했어요! 전혀! 꿈을 위해 어쩔 수 없이 예능과에 들어온 건데, 역시 백수건달 같은 사람이 많았어요!"

"백수건달…… 요즘도 그런 말을 쓰나……."

여전히 아카리의 뒤에 숨어 힐끗대는 그녀는 역시 잘생긴 사람을 견디기가 힘든 듯했다. 지금도 오늘 만난 같은 반 학생들을 떠올렸는지 표정에서 적개심이 배어 나왔다.

"그래서, 아카리는 뭐가 불만이었던 건데?"

"그게 있잖아. 불만까지는 아니지만, 뭔가 다들 생각한 것보다 어린애 같다고 해야 할까. 뭐, 순정만화 같은 로맨스는 없겠구나…… 하는 실망감?"

"그보다, 소꿉친구 씨는 왜 진학과인 거죠? 그 괘씸한 얼굴이면 예능과에서도 무적일 텐데요."

"유토라고 불러. 그냥 관심이 없어서 그래. 거기에 공부는 어느 정도 잘한다는 자신이 있고, 부모님한테 받은 유전자 덕만 보면서 살아가고 싶진 않았어."

"응. 유토네 어머니 엄청 미인이시거든~."

"호오. 그러면 아버지도 분명 잘생기셨겠군요. 꼭 한번 뵙고 싶어요."

"아, 유토네 아버지는 안 계셔서 못 봐."

엄마와 내가 아버지의 부재를 신경 쓰지 않는단 점을 알고 있는 아카리는 아무렇지 않게 말했으나, 그 사실을 전해 들은 무라이는 조금 전까지 내게 보내던 경계를 풀고는 바로 눈썹을 늘어트리며 미안하단 표정을 지었다.

"아, 그게, 저…… 확실히 미남은 싫긴 하지만 그렇게 폄하하거나, 업신여기거나 할 의도는 전혀 아니고……."

갑자기 온순해진 그녀의 태도 변화에 나도 모르게 웃고

말았다.

"잠깐, 왜 웃으시는 거예요! 진심으로 사과한 거라고요."

무라이는 내가 신경 쓰지 않는 기색을 보이자 조금 안도한 듯, 온몸으로 화를 표현하면서 눈을 가늘게 뜨고 불만스러운 표정을 지었다.

"미안, 미안. 별로 신경 안 써. 별생각 없고. 그래도 계속 악담하더니 의외로 착실하게 사과할 줄 아네."

"무슨……! 저, 저는 여자를 슬프게 만드는 미남이 많아서 싫어하는 것뿐이지, 그냥 성격이 비뚤어진 게 아니라고요!"

작은 몸을 사용해 있는 힘껏 화를 표현하는 그 모습에 또 웃음이 조금 터져 나올 뻔했다.

"그래. 나쁜 녀석은 아니란 거지?"

"자~! 도착~!"

그런 대화를 나누는 사이에 목적지에 도착했다.

"우와~…… 큰 건물이네요. 저희 집은 단독주택이라서 왠지 두근거려요."

"으응~? 생각보다 좋진 않을걸? 등교 시간 늦었는데 엘리베이터가 안 오면 엄청 초조하기도 하구."

"엘리베이터가 생활의 일부라니 그것도 왠지 신선해요."

"흐음~? 그래?"

"뭐, 매일 타면 귀찮게 느껴질 때도 있지만 말이야."

"그런가요?"

"무라이는 어쩐지 두근거리면서 엘리베이터 탈 것 같네.

왠지 그래 보여."

"잠깐만요. 저를 중학생 수준으로 보고 있는 건 아니겠죠?"

"아니. 초등학생 정도려나."

"더 심하잖아요!"

"아, 히나타. 엘리베이터 버튼 눌러 볼래?"

"아카리까지! 누르긴 할 거지만요!"

화내면서 힘차게 버튼을 누르는 광경에 우리 둘은 웃음이 터지고 말았다.

화났다기보다는 부끄러워서 볼을 살짝 붉힌 그녀가 언짢은 심정을 드러냈다.

하지만 그건 그거고 이건 이거인지, 내릴 때도 먼저 나서서 열림 버튼을 누르는 그녀였다.

"어라? 소꿉친구 씨도 여기서 내리나요?"

"같은 층이라서…… 그보다 유토라니까. '소꿉친구 씨'는 뭐야."

"그게…… 갑자기 이름으로 부르는 건 왠지 친한 척하는 것 같아서……."

"그런 건 신경 안 써도 돼. 유토라고 불러."

"아—…… 어어……."

"아, 유토의 성씨는 아오이야."

"그럼 아오이 군이라고 부를게요!"

그녀는 힘차게 성씨를 부르며, 간접적으로 이름으로 부르기를 강하게 거부했다.

조금 성급했나. 아무래도 아카리와 같은 천부적인 사교성이 없다면 첫날부터 거리를 좁히긴 어렵겠지…….

"아휴! 유토도 눈치가 없다니까! 히나타는 이름으로 부르는 걸 부끄러워한다구."

"응? 그래도 아카리는 이름으로 부르는데……."

"남자는 다르죠!"

"하아. 유토, 아무리 외모가 괜찮아도 그렇게 배려심이 부족하면 아무도 너랑 안 사귀어 줄걸?"

"그건 걱정할 필요 없다니까……."

우리 집보다 엘리베이터에 더 가까운 아카리의 집 앞에서 두 사람이 멈춰 섰다.

"여기가 우리 집이야!"

"흠. 이곳이 그 아카리의 집이군요……."

'그 아카리'라는 게 무슨 아카리인지는 모르겠지만 두 사람이 즐겁게 대화하기 시작하는 것을 보고 나는 슬슬 빠져주기로 했다.

"그럼, 아카리. 내일 봐. 무라이도."

"응! 잘 들어가~!"

"아, 들어가세요."

그런 인사를 받으며 더 안쪽에 있는 우리 집 앞으로 걸어가 문을 열려고 했다.

"아."

"무슨 일이세요?"

두 사람이 있는 쪽에서 그런 대화가 들려왔다.

이미 인사를 건넨 이상, 대화를 더 들었다간 아카리에게 엿듣는 거냐고 핀잔을 들을지도 모른다.

난 신경 쓰지 않고 현관문을 열어 집 안으로 들어가려 했다.

"아, 유토!"

이쪽으로 향할지 몰랐던 대화의 공이 날아와 조금 놀라며 받아쳤다.

"왜?"

"오늘 집에 아무도 없는 걸 까먹어서, 열쇠도 없고……."

"……그래서?"

"유토네 집에 가도 돼?"

심히 덜렁대는 소꿉친구를 보고 나도 모르게 한숨이 흘러나왔다.

"그래……."

"아, 어어…… 저는 이만 가 보는 편이 좋을까요?"

"아냐, 아냐! 들렀다 가! 여기까지 왔는데. 유토네 집도 우리 집이랑 구조가 똑같으니까 대충 우리 집이라고 생각하면 돼!"

"왜 네가 허락하는 거야."

"어어…… 그래도 될까요? 오늘 처음 만나 놓고 집까지 방문하다니."

"딱히 상관없어. 여기까지 왔다가 그냥 돌아가게 하는 것도 미안하고. 편하게 놀러 오는 게 나도 더 마음 편해."

"그럼…… 실례하겠습니다……."

"들어와."

문을 열어 두 사람을 안으로 초대한 후 문을 닫자, 집 안쪽에서 발소리가 들려왔다.

"어서 와~. 어머. 아카리랑……."

"아, 실례합니다."

"……여자친구?"

"그럴 리 없잖아. 아카리 친구야."

"하긴, 유토가 첫날부터 여자친구를 데려올 정도로 대범하진 않지."

엄마가 내게 실례되는 방식으로 납득했지만, 실제로 여자친구가 생기더라도 집에 데려올 정도로 배짱이 있는 건 아니라 반박할 수 없었다.

거실로 이동한 후 빌려 온 고양이처럼 어색해하는 무라이와 나는 식탁 의자에 앉았고, 자유분방한 아카리는 소파에 편하게 앉았다. 감기에 걸릴 수준의 온도 차가 형성된 와중에 엄마가 음료를 가져왔다.

"그래도 다행이야. 아카리가 소개해 줬다고는 해도 유토한테도 친구가 생겨서. 조금 걱정이었거든~. 유토는 너무 덤덤해서 친구를 한 명도 못 사귀는 게 아닐까 하고."

안심한 듯한 표정으로 그렇게 말한 엄마는 무라이와 내게 차를 내어 주고, 아카리에게는 따로 준비한 듯한 오렌지 주스 팩을 건넸다.

아카리도 당연하다는 듯이 뒹굴거리다가 "감사합니다~ 유토 엄마~"라며 인사했다.

……이 녀석. 자기 집보다 여기서 더 편하게 뒹굴거리는 거 아니야?

마음속으로 그런 의심을 품고 있는데, 옆에 앉아 눈치를 보며 움츠리고 있던 무라이가 내 교복 소매를 잡아당겼다.

"저기, 저희는 친구인가요?"

"……글쎄."

어느 선부터 친구라고 할 수 있을까.

그건 사교성이 부족한 자에겐 영원히 풀리지 않을 주제였다.

이 주제의 본질은 '내가 친구로 인정하면 상대가 기분 나빠하지 않을까?'이다.

어디부터 친구인가. 어디부터 아침인가.

애매한 깃은 언제나 사람을 혼란스럽게 만든다.

"친구란 건, 어디부터 친구라고 할 수 있지?"

"……학교에서 자주 대화하는 사람이 아닐까요?"

"그럼 우리는 친구인가?"

"……아닌가?"

"그렇군. 엄마, 사실 우리는 정식으로는 친구가 아냐. 그러니까 오늘 나는 친구를 한 명도 사귀지 못했어."

"어머…… 그렇구나……. 뭐, 괜찮아! 내일도 있으니까!

분명…….”

“친구예요! 친구! 그렇죠?!”

엄마가 조금 슬퍼 보이는 표정을 짓자 신경이 쓰인 모양이다.

무라이가 몸짓, 손짓을 동원하여 친구가 아니라고 했던 내 말을 부정했다.

“친구였구나, 우리.”

“일부러 제가 말하게 만든 거죠…… 지금.”

“솔직히 친구가 갖고 싶었어.”

“그러면 솔직히 말하면 되잖아요……. 비겁하네요.”

그렇게 말하며 쿡쿡 웃는 그녀는 여전히 고양이 같았다.

◆

“역시 언제 와도 마음이 편해진다니까~.”

어느 정도 잡담을 나눈 우리는 아카리의 제안을 받아 내 방으로 왔다.

정기적으로 내 방에 들르는 아카리는 예전에 자신이 가져왔던 쿠션형 소파에 곧바로 기대 누웠다.

“자, 히나타도 이리 와. 이거 내 거야.”

“왜 아오이 군의 방에 아카리의 물건이 있는 거죠……?”

그렇게 말하면서도 무라이는 흥미진진한 표정을 지으며 아카리 옆에 기대 누웠다.

소파가 제법 큰 사이즈여서 그런지 두 사람이 누워도 넉넉해 보였다.

"그냥, 심심할 때 자주 오니까~. 아, 거기 있는 만화책이랑 게임도 내 거야."

소설책과 참고서와는 별도로, 따로 마련된 책장 대부분을 채운 아카리의 만화책.

그리고 작년에 산 영화 감상용 TV에는 구매 당일부터 아카리에 의해 게임기가 연결되었다.

"정말 친한가 보네요……. 남자 방이면 좀 더 신경 쓰일 것 같은데……."

"아~, 어쩐지 히나타는 들어오기 전부터 긴장하더라~."

아카리는 아하하~ 하고 웃으며 책장에서 만화책을 골라 꺼내 들었다.

"웃지 마세요! 그야 남동생 말고 다른 남자 방에 들어오는 건 처음이라……."

"나한테는 유토가 남동생 같은 존재니까 비슷한 느낌일걸~."

"뭐야. 너보다 내가 생일이 더 빠르잖아."

"아~ 네에, 네에. 쪼잔하기는~……. '오빠'. 자, 이렇게 불러 주면 되는 거지?"

"딱히 오빠라고 불리고 싶은 건 아니거든. 사실을 말했을 뿐이야."

"둘은 항상 이런 대화를 나누나요……?"

오늘만 해도 몇 번째일지 모를 비슷한 대화 전개에, 무라이가 당황 반, 황당 반 섞인 목소리로 물었다.

"유토가 자꾸 태클을 걸잖아~."

"얘 말하는 게 어떤지 오늘만 봐도 알겠지? 이 녀석이 이상한 거라니까."

"확실히, 아카리는 이상하긴 해요. 지금은 아오이 군 말이 맞는 것 같아요."

"뭐어~? 히나타. 유토 편을 드는 거야~?"

"그야, 만나자마자 갑자기 한다는 소리가 '귀엽다. 오늘 우리 집에 놀러 와!'라니, 일반적이진 않잖아요. 이상해요, 정말."

역시 배우 지망생. 아카리가 말하는 장면이 바로 상상될 정도로 목소리 톤과 사소한 동작을 잘 흉내 내서 나도 모르게 웃음이 터져 나왔다.

"아카리는 어디서든 똑같네."

"뭐어? 내가 그렇게 이상해?"

"이상하지."

"이상하네요."

그런 우리 둘의 대답에 아카리는 '쿠웅' 하는 효과음이 들릴 듯한 표정을 지었다.

"그래도 난 그게 아카리의 좋은 점이라고 생각해."

"유토오……!"

나는 침울해져 있을 때 아카리의 그런 자유분방한 성격

에 도움을 받기도 했다.

다른 사람과 다른 점은 개성이며 장점이다.

"역시 유토는 좋은 오빠라니까! 감사의 의미로 이제 히나타랑 게임할 건데 끼워줄게! 게임기 켜고 게임패드 들고 와! 아, 게임은 레이싱 종류로!"

"내가 준비해야 하냐고……. 무라이는 이 게임 해 본 적 있어?"

"아, 남동생이 하는 걸 구경한 적만……."

"그럼 플레이는 처음이구나……. 핸들로 하는 편이 쉬우려나?"

게임기가 집에 도착했을 때, 스틱 조작에 적응하지 못한 내가 스스로 구입한 핸들 타입 게임 패드를 준비하여 게임기를 기동했다.

"──좋았어~! 이번에도 내가 1등~!"

"야…… 무라이는 오늘 처음 하는 거니까 적당히 봐주라고……."

"어쩔 수 없지……. 그럼 나랑 히나타가 팀 먹고 유토를 너덜너덜하게 만들어 버리자!"

"내가 불쌍해지는 거 아니야?"

뭐, 무라이가 즐거워한다면 그것도 괜찮다는 생각도 들어서 팀을 나눴다.

"아, 유토. 내일 학식 먹을 거야?"

"일단은 그럴 예정인데."

재학생이 수천 명 규모인 이치요 고등학교는 학년별로 식당이 따로 있다. 메뉴 종류도 다양하고, 맛도 좋고, 가격도 괜찮고. 학생들에게 인기 있을 만한 요소로 가득 차 있어서 학식을 노리고 이치요 고교에 진학하는 학생들도 있을 정도였다.

"히나타는 도시락 먹을 거래. 같이 식당에서 먹으려는데 유토도 올래?"

"내가? 그래도 돼?"

"어차피 유토는 혼자 쓸쓸하게 학식 먹을 거잖아. 밥 먹을 때 그런 장면 보면 음식이 목으로 안 넘어갈 거라구."

"딱히 쓸쓸하게 먹을 생각은 없어……. 무라이는 그래도 괜찮아?"

"아, 저도 괜찮아요. 인원이 많은 게 더 재밌을 것 같고요."

무라이는 핸들을 기울일 때 몸까지 연동되어 같이 기울어지는 초보 특유의 현상을 보이며 대답했다.

조만간 소파에서 굴러떨어지는 게 아닌지 걱정될 정도로 몰두한 걸 보니 잘 즐기고 있는 모양이다.

"뭐, 그러면 같이 먹을까……."

"그럼 어떻게 할래? 식당에서 모일까?"

"아니. 그러면 만나기 힘들어지잖아. 내가 너희 교실로 갈게."

"그래. 우리 교실 어딘지 알아? 2층 가장 안쪽 교실이야."

"알았어."

◆

"하아~……."

시간이 지나 다음 날 1교시가 시작되기 전.

여전히 따사로운 봄 햇살이 창문으로 쏟아져 들어와, 등교하면서 날려 보냈던 잠기운을 훌륭하게도 다시 불러들였다.

"너, 무슨 페티시야?"

어제보다는 조금 대화량이 늘어난 교실을 바라보며, 오늘은 누군가와 대화할 수 있을까 하는 기대를 내심 키웠다.

"듣고 있어? 무슨 페티시냐니까?"

이제 막 생긴 친구와 대화하는 사람도 있는가 하면, 입시를 마친 지 얼마 되지 않았음에도 불구하고 고1의 진도를 넘어선 참고서를 펼쳐 보는 사람도 있었다.

'의욕이 엄청 앞서 나갔네…….'

"저기요? 듣고 있어?"

등교 2일 차에 알게 된 것이 있다.

진학과는 어느 정도 편차치 높은, 공부를 잘하는 학생들뿐이다.

공부 잘하는 학생의 대부분은 노력파.

반 학생 중 30퍼센트는 지금도 참고서에 몰두해 있는, 이른바 공붓벌레라고 불리는 부류.

60퍼센트는 자습을 성실히 하는 타입. 나도 이쪽이다.

그리고 나머지 10퍼센트, 아니, 1퍼센트, 아니, 0.1퍼센트의 다른 타입이 존재한다.

바로 천재, 기인이다.

"저기요, 아오이 군? 무슨 페티시냐고."

"……우리 처음 본 거 맞지?"

"어제 눈 마주쳤으니까 두 번째 본 거지."

"그렇게 세는 게 맞아?"

내 앞자리는 아이다이지만, 조금 전 그녀가 자리를 뜬 사이에 이 녀석이 그 자리를 차지하고 앉았다.

이 녀석은 본 적이 있다.

30명뿐인 진학과의 출석번호 30번. 야마다 소마.

입학 첫날부터 지각하기 직전에 마지막으로 교실에 들어왔기에 기억에 남아 있었다.

"……그래서? 방금 뭐라고 했어?"

"아니, 그러니까 유토는 무슨 페티시냐고."

"원래 이런 식으로 친해지는 게 맞아?"

"아, 난 소마라고 부르면 돼."

"……소마. 보통 어느 중학교 출신이야? 같은 걸 묻는 게 보통 아니야? 고등학교에서 처음 만난 친구한테는."

"어? 그런 걸 물어봐서 뭐 해? 앞으로의 대화 주제로 쓸 만한 걸 물어봐야지."

"페티시를 앞으로 대화 주제로 쓸 수 있나……?"

지금까지, 아니 앞으로도 소꿉친구인 아카리보다 더 이상하다고 해야 하나, 자유분방한 녀석과 만날 일은 없으리라고 생각했다.

　하지만 이 녀석은 차원이 달랐다.

　이 녀석의 페이스에서 벗어날 수가 없다. 벗어나지 못하게 하는 위압감이 있었다. 기인 중의 기인이었다.

　"그래서, 무슨 페티시야?"

　"……그럼 소마는 무슨 페티시인데? 나만 말하는 것도 이상하잖아."

　"그건 그렇지. 나는, 가슴."

　기인도 성적 취향은 일반인과 비슷, 아니, 일반인보다 더 일반인답잖아?

　"그래서, 유토는?"

　"애초에 왜 그렇게까지 내 페티시가 궁금한 건데?"

　"어? 그냥 엄청 잘생긴 녀석이 있길래. 잘생긴 애가 그런 얘기 하는 거 재밌잖아?"

　어떻게든 소마에게서 벗어나려 했지만 아마 이 녀석은 날 놓아주지 않을 것이다.

　"진짜 이상한 녀석이네……. 허벅지……."

　"으음~. 그렇구나."

　조금 주저하면서도 페티시를 공개한 나를 담백한 반응으로 넘겨 버리는 소마.

　너무나도 담백한 반응에 부끄러운 감정이 치밀었다.

좀 더 제대로 반응해 달라고! 좀 더 리액션을 해 달라고!

이 녀석 정도는 아니어도 꽤 자유분방한 소꿉친구가 있는지라, 여기서 내가 무슨 말을 하든 소용없다는 건 알고 있다. 이건 무시하지 못한 내 잘못이다.

"아침부터 다른 사람 자리에서 저급한 대화 하지 말아 줄래?"

자리를 비웠던 아이다가 돌아왔다. 어제 들은 맑은 목소리가 어쩐지 얼어붙을 것처럼 차갑게 느껴져서 식은땀이 흐르고 단숨에 체온이 내려가는 기분이었다.

상상 속의 이미지일 뿐이지만, 이런 종류의 대화를 불쾌해할 듯한 그녀에게 3년간 혐오 받는 미래를 상상하니 조금 우울해졌다.

"아, 유메! 미안. 의자 잠깐 빌렸어!"

"……그래. 그건 괜찮아."

태연한 얼굴로 의자에서 비켜난 소마를 보고 더 추궁할 필요성을 느끼지 못했는지, 아이다는 조금씩 풍기던 불쾌감을 거두고 자리에 앉았다.

"그럼 유토. 또 봐."

"아, 어어. 그래."

저렇게 이상하고 자유분방한 타입은 다른 사람의 영역에도 잘 들어가는 건가.

자연스럽게 이름을 부르는 것도 그렇고, 아마도 등교 첫날부터 같은 반 학생들의 이름을 전부 외웠을 소마의 행동

에 솔직히 존경심이 들었다.

그 후에는 이상한 녀석과 엮이는 일 없이 4교시 수업까지 마쳤고, 나는 바로 교실을 나와 바로 옆에 있는 계단을 올랐다.

아카리의 반으로 가기 위해 식당이나 중앙 정원으로 향하는 인파를 거슬러 올라갔다.

계단을 올라 바로 왼쪽, 우리 반의 바로 위.

이미 열려 있던 문 안쪽을 들여다보자 교단에 서서 친근하게 대화를 나누는 두 사람을 발견할 수 있었다.

예상대로 진학과와는 다른, 들어가기 주저하게 되는 반짝반짝한 분위기가 피부로 느껴졌다. 나는 최대한 수상해 보이지 않도록 조심하며 두 사람에게 다가갔다.

"오! 드디어 왔구나, 유토~."

"수업이 좀 일찍 끝났나 보네?"

"응. 실습동 수업이었는데 4교시엔 빨리 교실로 돌려보내 주나 봐. 늦으면 식당 붐비니까."

"그렇구나…… 수업 듣느라 수고했어."

"아오이 군도 수고하셨어요."

"안녕. 하루 만이네."

"안녕하세요."

"자! 그럼 출격이다!"

교실을 나와 식당을 향해 걷기 시작한 두 사람. 나는 그

대각선 뒤에서 거리를 유지하며 걸었다.

"히나타는 도시락을 직접 만들었대."

"대단하네."

무라이가 가져온 고양이 무늬 도시락 가방을 보며 감탄을 내뱉었다.

"아뇨. 별거 아니에요. 남동생 도시락을 만드는 김에 제것도 담은 것뿐이라 손이 별로 안 가거든요."

"동생 도시락까지 만드는구나."

"네. 엄마는 야근으로 바쁘니까, 동생이 중학교에 들어간 후부터 제가 만들기 시작했어요."

"그렇구나~. 히나타는 나중에 좋은 신부가 될 것 같아. 유토. 지금이 잡을 기회 아니야?"

"아. 미남은 바람피울 것 같아서 별로……."

"딱히 신붓감 찾을 생각은 없거든. 그리고 무라이도 무라이야. 혼자 차지 말아 달라고. 그냥 허튼소리니까."

"에구~. 이설로 0고백 1차임이구나."

"멋대로 전적 카운트 하지 마."

그런 대화를 나누며 걷다 보니 얼마 지나지 않아 식당에 도착했다.

자리는 제법 차 있었지만, 식권 발매기나 음식 받는 곳 주변은 그리 혼잡하지 않았다.

학생증에 붙어 있는 QR코드를 식권 발매기에 찍고 주문하면 되는 간소한 과정 덕분에 혼잡도가 낮아진 듯했다.

도시락을 가져온 무라이가 "전 먼저 자리 맡아둘게요!"라는 고마운 제안을 해 준 덕분에 나는 아카리와 둘이 음식 받는 곳에 줄을 섰다.

"와아. 그나저나 유토랑 있으면 눈에 띄네~."

"전부터 우리는 커플로 오해받는 경우 많았잖아."

예전에도 그런 호기심 어린 시선을 느낀 적이 많았다.

"그것도 그렇지만~…… 나 참. 여전히 자기를 향한 시선엔 무디다니까……."

그렇게 말하며 입가를 한 손으로 가리고 다른 쪽 손으로 때리는 시늉을 하기에, 나는 주변 시선을 조금 신경 쓰며 귀를 기울였다.

"유토, 예능과에서도 꽤 유명한걸? 등교할 때 봤던 미남이 왜 예능과가 아니라 진학과에 있냐면서."

"……다른 사람 말하는 게 아니라?"

"아냐. 다른 반 애도 나한테 같이 있던 남자애 이름이 뭐냐고 물어봤고, 진학과 친구도 '아오이란 애가~'라면서 얘기 꺼낸 적 있거든."

아무래도 아카리는 나도 달성하지 못한 '진학과 친구 사귀기'라는 미션을 이미 달성한 모양이었다.

학과도 다르면서 어떻게 그게 가능한 거지.

"나, 꽤 어두운 이미지인데 그렇게 눈에 띄어?"

"눈에 띄지. 중학생 때까지는 어린 인상이 있었는데 요즘은 역시 닮은 것 같은데?"

그녀는 거기서 주위의 시선을 의식하며 잠시 말을 멈췄다. 내 귓가에 숨을 마시는 소리가 들려왔다.

"유야 씨랑."

"……넌 어떻게 생각해?"

"……젊을 적이랑 비교하면, 좀 그런 거 같기도?"

"사실대로 말하면?"

"꽤 많이 닮았을지도?"

엄마가 점점 닮는다고 말한 건 단순히 부모의 시선이기 때문은 아니었던 모양이다.

아카리는 어느 정도 내 사정을 알고 있다.

엄마가 실수로 말을 흘린 게 계기였는데, 그때는 아카리도 중학생이었기에 사정을 이해하고 비밀을 지켜주고 있다.

평소엔 신경을 쓰고 있는지 농담으로도 꺼내지 않던 화제였는데. 그 말을 듣자 내 망상에 현실성이 더해졌다.

'어쩌면 호쿠조 유야의 아들이란 사실을 들킬지도 모른다'라는 망상 말이다.

단순히 얼굴이 닮은 것만으로 거기까지 생각이 미치는 사람은 얼마 없겠지.

하지만, 만일 의문을 가지는 사람이 있다면?

커다란 불도 처음엔 작은 불씨로 시작되는 법이다.

그렇게 생각하니 조금 두려워졌다.

"뭐, 지금은 다들 네가 내 남자친구인지 아닌지 정도만 궁금해하겠지만 말이야. 혼자 있으면 아마 엄청 주목 받을 거야, 유토."

"······알았어. 일단 명심해 둘게."

"······응. 그 정도면 돼!"

아카리는 그렇게 말하며 평소와 같은 표정으로 돌아왔다.

안 좋은 쪽으로 눈에 띄지 않도록 주의해야겠네······.

점점 줄어드는 줄을 바라보며 나는 마음속으로 각오를
다졌다.

2장 •• 이웃 플래그 연발

　이치요 고등학교에 입학하여 2주 정도 지나, 새로운 교복을 입는 것도 슬슬 익숙해진 어느 날 아침. 나는 여전히 가시지 않는 잠기운과 싸우며 아침 식사 중이었다.

　"아, 맞다. 우리 옆집, 아예 해외로 이사 간다나 봐."

　"그렇구나……. 요즘 계속 나가 있었으니까."

　몇 년 전부터 옆집에 살던 사람은 혼자 사는 데다가 일 때문에 해외를 오가는 일이 많아서 집을 비우는 일이 많았다.

　외국에서 돌아올 때면 같은 층에 살던 어린 나와 아카리에게 일본에선 보기 힘든 과자나 장난감을 선물해 주곤 해서 잘 따랐었는데…….

　조금 쓸쓸한 기분이 들었지만, 계속 비워 둘 집을 언제까지고 갖고 있을 수는 없겠지. 초등학생 때라면 모르겠지만 지금은 나도 현실적인 이유를 떠올리며 이해할 수 있었다.

　내가 아직 어렸다면 울었을지도 모르겠네.

　"그러면 당분간 빈집으로 남아 있으려나?"

　"아니. 친척 아이가 혼자 살고 싶다고 해서 넘기나 봐. 이번 주부턴 그 애가 들어와 살지 않을까?"

　"흐음……. 괜찮은 사람이면 좋겠네."

　"그러게."

"잘 먹었습니다."

이어서 등교 준비를 마친 나는 엘리베이터 앞에서 아카리와 만나 등교했다.

예전보다 더 의식되기 시작한 시선을 신경 쓰면서 평소와 같은 하루를 마쳤다.

아카리는 방과 후 일정이 있다고 해서 하굣길은 나 혼자였다.

몇 번이나 다녔던 길로 다니면, 왠지 집에 더 빨리 도착하는 기분이다.

통학로는 특히 그랬다.

뇌가 통학로의 풍경에 적응해서 필요한 정보 외에는 처리하지 않기 때문에 빠르게 지나가는 것처럼 느껴진다……고 하던가.

그런 잡학이라고도 할 수 없는 정보를 머릿속으로 떠올리는 사이 집에 도착했다.

평소와 같은 맨션. 하지만 그 안에는 평소와 다른 풍경이 있었다.

오늘 아침 엄마와 대화했던 내용이 현실이 된 것이겠지. 옆집의 문패가 바뀌어 있었다.

"미나세……?"

어디선가 본 적 있는 글자에 나도 모르게 흘러나온 목소리.

입학식에서 학생 대표로 인사했던 미나세. 머릿속에 그

녀의 얼굴이 떠올랐으나 의문은 여전히 남아 있었다.

"보통 고등학생이 혼자 살기도 하나……?"

소설에선 고등학생이 혼자 사는 설정이 자주 나오지만, 실제로 그런 사람은 많지 않을 것이다.

애초에 고등학생이 혼자 살아서 생기는 장점은 혼자만의 시간이 늘어난다는 것뿐이다.

청소, 세탁, 요리 등 집안일을 전부 혼자 처리해야 하는데, 그런 생활을 고등학생이 감당할 수 있을까?

……그래.

흔한 성씨는 아니지만 다른 사람이겠지.

혼자 살고 싶어 했다는 걸 보면 이사 오는 사람은 최소 대학생 이상일 것이다.

집에서는 평온한 일상을 보내고 싶다. 이웃이 예능과 재학생에, 현역 여배우인 일상은 그리 원치 않는다. 설정 과다다.

그렇게 결론지은 나는 평소처럼 현관문을 열었다.

◆

"실례하겠습니다~."

일요일 오후.

엄마가 장을 보러 나가 혼자만의 취미를 즐기기엔 딱 좋은 시간. 아카리가 놓아둔 소파에 앉아 책을 읽으며 최고로 조용한 휴일을 보내고 있는데, 현관에서 조용한 휴일과는 거리가 있는 인물의 목소리가 들려왔다.

어째서 잠겨 있어야 할 문이 열려 있었던 거지. 애초에 온다는 말도 없었잖아.

숨어 있으면 포기하고 돌아가려나.

그런 생각을 하는 와중에 방문이 열리더니 방 안을 채우던 쾌적한 공기가 빠져나갔다.

"어라~? 유토, 집에 있었잖아. 왜 대답 안 해?"

"……질문은 내가 먼저 해야 할 것 같은데. 어떻게 들어온 거야? 문 잠겨 있었을 텐데."

"아까 밖에서 유토 엄마랑 만났거든. 이따 집에 들르겠다고 했더니 열쇠 주셨어."

그렇게 말하며 보여 준 손 안에는 확실히 엄마의 커다란 곰 열쇠고리가 달린 키 케이스가 들려 있었다.

"미안하지만 난 독서 중이야. 방해할 거면 돌아가."

"방해 안 할게. 조용히 게임만 할게."

그렇게 말하더니 아카리는 열쇠를 침대에 던지고 게임 패드를 집어 들었다.

눌러앉을 생각으로 가득 찬 소꿉친구에겐 무슨 말을 해도 소용없다는 걸 알고 있는 나는 포기하고 거실로 이동하려 했다.

"아— 자리 안 비켜줘도 돼. 잠깐 다리 사이 좀 벌려 봐."

"……이렇게?"

편하게 뻗고 있던 다리를 그 말대로 벌리자, 그 사이로 아카리가 들어와 내 몸을 등받이처럼 사용하기 시작했다.

"……이거 뭔데."

"응? 게임 자세."

"……그냥 내가 자리 비켜줄게."

"아냐, 아냐. 게임에 집중할 땐 조금 앞으로 기운 자세가 좋거든. 그런데 이 소파는 몸이 너무 뒤로 파묻히니까, 이게 딱 좋아."

그렇게 말한 아카리는 곤란하단 표정으로 불만을 내뱉는 내게는 시선도 주지 않고 온라인 대전 매칭을 시작했다.

"책 읽기 힘들거든?"

"내 머리에 올려둬도 괜찮아~. 딱 좋은 위치에 있잖아?"

자세상 내 시야 아래에 있는 아카리의 머리는 확실히 제법 높이가 적당하다.

"잘됐네~. 현역 여고생 머리를 독서대로 쓰는 호강을 하다니."

"그런 변태의 호강과 내 호강을 동일시하지 말아줘……."

포기하고 책을 바닥에 둔 후, 시간이나 죽일 생각으로 아카리의 게임 플레이 화면을 아무 생각 없이 바라봤다. 그러는 사이 시간이 얼마나 지난 걸까. 잠시 후 초인종 소리가 들렸다.

"아카리. 비켜 봐. 엄마가 왔나 봐."

"뭐어?! 잠깐만 기다려! 1분만…… 아니, 2분!"

"그렇게는 못 기다려!"

그렇게 말하며 억지로 일어서자 "으아—!" 하는 소리와 함께 아카리의 자세가 단숨에 무너졌다.

방을 나오고 나서야, 아까 들렸던 소리가 공동현관이 아니라 우리 집 현관문 초인종 소리였다는 것을 깨달았다.

나는 현관문으로 나가 문을 열었다.

"아, 처음 뵙겠습니다. 오늘 옆집으로 이사 온 미나세라고 합니다."

······내 불길한 예감이 맞아떨어졌다.

입학식에서 신입생 대표로 앞에 나가 인사했던, 미나세 나기사.

넓은 이벤트홀에서 봤을 때와는 사뭇 다른 거리에서 마주한 그녀는, 역시 현역 여배우여서일까. 고등학생 1학년 치고는 조금 어른스러운 느낌이었다.

"민폐를 끼치게 될지도 모르지만······."

다행히 예능과인 그녀의 기억엔 진학과인 내 얼굴은 없는 듯했다.

이대로 적당히 넘기고 조금이라도 평온한 휴일을 지키자.

귀찮은 일은 평일을 맞이한 미래의 나에게 맡기자.

"아. 저야말로 잘 부탁드려요."

무난한 대답을 건네며 대화를 마치려 할 때였다.

"뭐야~······ 유토 때문에 등수 확 떨어졌잖아······ 어라? 나기사잖아."

"……홋타? 왜 여기에…….."

미나세가 문 옆에 있는 명패와 아카리의 얼굴을 번갈아 보며 놀란 표정을 지었다.

"으응? 그냥 놀러 온 건데? 여기 유토네 집이거든. 여기 있는 유토. 진학과 1학년."

아카리는 내 뒤에 서서 내 머리를 손가락으로 가리키며 내가 숨기고 싶었던 정보를 전부 밝혔다.

"그렇다는 건, 나를 안다는 거……?"

처음부터 끝까지 괜한 짓을 해 주는 소꿉친구를 원망하며, 나는 기어가는 듯한 목소리로 대답할 수밖에 없었다.

"……네."

내 힘없는 대답 이후로 몇 초간 침묵이 흘렀다. 작게 한숨을 쉰 미나세는 어째서인지 방 안으로 성큼성큼 들어오더니 거리낌 없이 남의 침대에 앉아 입을 열었다.

"왜 모르는 척한 거야?"

"모르는 척이라기보다는…… 딱히 말할 필요가 없을 것 같아서……."

"아~. 같은 학교, 같은 학년이라면 긴장해서 내숭 떨 필요 없었잖아."

그렇게 말하며 크게 한숨을 쉰 그녀에게선 입학식 때나, 아까 현관 앞에서 본 예의 바른 모습이 없었다.

이게 내숭을 떨지 않는 그녀의 진짜 모습인가.

"그래서, 홋타는 왜 여기 있어? 남자친구야? 그렇고 그런 관계?"

"이 녀석은 그냥 소꿉친구고……."

"보통 고등학생이나 되어서 소꿉친구 남자애 방에 들어오나?"

"……보통이 아닌 녀석인 거죠. 얘는."

미나세의 정당한 의문에, 아카리의 성격이 원래 그렇다는 것 외에는 할 대답이 없었다.

창작물 속 소꿉친구라면 조금 더 서로를 의식할 법하지만, 당사자인 아카리는 남녀의 벽이 전혀 느껴지지 않는 모습으로 소파에 편하게 늘어져 만화를 읽고 있다.

"입학식 후부터 쉬는 시간마다 말 걸고, 차갑게 대해도 스토커처럼 계속 따라와서 이상한 애라고는 생각했지만……."

아까 현관 앞에서 말하는 것을 듣고 아는 사이란 건 예상했는데, 아무래도 제대로 된 친구 관계는 아닌 듯했다.

최근 2주간 제법 고생했는지 먼 산을 보는 미나세의 모습에 나는 조금 친근감을 느꼈다.

"게다가 같은 층에 사니까 꽤 자주 오고…… 방에 자기 물건 마음대로 가져다 놓고……."

"그건…… 고생했겠네."

이상한 소꿉친구에게 자주 침입당하는 내게 미나세가 동정의 시선을 보내며 말했다. 그리고 방에는 정적이 흘렀다.

유일하게 이 분위기를 깨줄 만한 소꿉친구가 평소의 떠

들썩한 성격을 지금 발휘해 주면 좋을 텐데, 그녀의 입에선 만화를 보며 흘러나오는 웃음소리밖에 나오지 않았다.

신경 써봤자 소용없는 아카리는 둘째치고, 오늘 처음 대화한 미나세가 내 방에 있으니 기분이 어수선하고 불편했다.

슬슬 돌아가 달라고 부탁할지 고민하고 있는데, 조용한 공간에 미나세의 건조한 한숨 소리가 흘렀다.

"운도 없네~…… 모처럼 혼자 살게 됐는데 같은 맨션, 같은 층에 같은 학교의 같은 학년 학생이 둘이나 있다니……."

"응? 운이 없는 건가? 엄청 행운이잖아. 재밌을 것 같고."

어느샌가 만화를 다 읽은 아카리가 소파에 몸을 기대고 대화에 끼어들었다.

"……나는 홋타랑은 다르게 조용한 게 좋거든. 그쪽 남자애는 몰라도, 홋타가 있으면 떠들썩해지잖아?"

"아~…… 그럴지도 모르겠네. 미안. 시끄러워서."

"아니. 시끄럽다고 한 건 아닌데……."

평소답지 않게 사과하며 언제나 밝았던 표정에 어두운 그림자가 진 아카리. 그런 모습을 보자 불만을 표했던 게 미안했는지, 미나세는 살짝 당황한 얼굴로 아까 자신이 했던 말을 부정했다.

"그래도 나, 엄청 기뻐. 미나세가 이 맨션 같은 층에 살게 되어서."

방금 보인 어두운 표정이 거짓말이었던 것처럼 아카리는 밝은 표정으로 솔직한 감정을 전했다. 그리고 그건 미나세에게도 따뜻하게 다가온 모양이었다.

"그러니까 곤란한 일이 있으면 언제든 불러 줘."

"……알았어."

새침한 말투였지만 표정에선 가시가 사라진 상태였다.

내 소꿉친구는 어째서 친구가 많은가.

상대가 마음을 열기 전에, 자신부터 먼저 마음을 열어주기 때문이었다.

뭐, 본인은 의도하지 않고 무의식적으로 하는 모양이지만…….

겉과 속이 다르지 않은 그런 성격도 호감을 불러일으키는 이유 중 하나겠지.

급격히 거리가 가까워지자 아카리는 소파의 빈 옆자리에 미나세를 앉혔다. 오래 눌러앉아 있을 듯한 분위기를 풍기는 두 사람을 집주인인 내가 외부인의 시점으로 바라보고 있자, 공동 현관 초인종 소리가 들려왔다.

모니터를 보니 이번엔 정말 엄마가 돌아온 것이었다.

공동현관 앞까지 나가 엄마의 양손에 들린 봉투를 받아들고 엘리베이터로 향했다.

"아, 지금 옆집 사람이 우리 집에 와 있어. 이치요 예능과 1학년이고 아카리랑 친해졌나 봐."

"그래? 여자애?"

"응."

"와아~! 예쁜 애겠네."

"뭐, 그렇긴 한데……."

TV나 입학식에서 보이던 귀여운 성격은 아닌 것 같아, 라는 말은 삼켰다. 경쾌한 발걸음으로 복도를 걷는 엄마의 뒤를 쫓아 집으로 돌아왔다.

"어라? 미나세잖아! 드라마에 자주 나오던."

"아, 안녕하세요……. 옆집으로 이사 온 미나세입니다. 아드님과는 같은 학교고…… 죄송해요. 이렇게 갑자기 찾아와서."

"괜찮아, 괜찮아~. 그보다 악수해 줄 수 있을까? 팬이거든~."

미나세는 엄마의 기운에 압도되어 악수를 나눴다. 엄마는 "식사 준비할 테니 두 사람도 꼭 먹고 가~"라고 말하며 방을 나갔다.

"엄마 앞에선 제대로 예의 차리는구나."

엄마와 대화할 때의 그녀는 학교에서 봤던 완성된 미나세 나기사였다.

"연상이고 집주인이시니까 너랑은 다르지. 그리고 너한텐 예의 차릴 필요 없어 보이고."

"흐음……."

실제로 나는 딱딱한 태도로 대하는 것보다는 지금의 미나세 같은 말투가 편하다.

상대에 따라 적절한 태도를 취하는 것도 그녀가 어른스럽게 보이는 이유겠지. 뭐, 평소에 아카리 같은 애를 보고 있으면 누구나 어른스러워 보이겠지만 말이다.

"혹시 밥 먹고 가는 게 불편하면 내가 엄마한테 말할게. 미나세가 직접 말하긴 어려울 테니까."

"아니야. 오늘 저녁은 어떻게 할지 아직 못 정해서, 대접해 주시면 나야 고맙지. 그리고 유토……랬나? 이름으로 불러도 돼? 어머님 앞에서 '너'라고 부르면 예의 없어 보이잖아."

"거기서만 예의 차리는 거냐……. 뭐, 부르는 거야 상관없지만."

"알았어."

그러자 미나세 옆에서 대화를 듣고 있던 아카리가 끼어들었다.

"어? 그럼 나도 아카리라고 불러 줘! 유토만 이름으로 부르는 건 치사하잖아!"

뭔가 하고 싶은 말이 있었던 걸까. 미나세는 몇 초간 고민에 시간을 들인 후 부끄러운 듯한 얼굴로 작게 말했다.

"……아카리."

"응! 나기사!"

나는 또다시 소외된 외부인 신세였다…….

3장 •• 예능과 시험

다음 날, 수업이 시작하기 전.

구름이 살짝 낀 하늘을 바라보며 어제 있었던 일을 떠올렸다.

미나세 나기사가 우리 집에 와 밥을 먹고 갔다.

그녀는 팬과는 조금 다른 거리감으로 접근하는 엄마를 보고 약간 당황스러워하긴 했으나, 돌아갈 때 "무슨 일이 있으면 언제든 우리 집으로 와도 돼!"라는 말을 듣고 조금 기뻐하는 표정이었다.

"야, 유토. 시험 대비 다 되어 가?"

어디선가 등장한 목소리에, 흐린 하늘에서 시선을 돌렸다.

최근 2주 사이에 급격히 친해진 야마다 소마가 평소처럼 말을 걸어온 것이었다.

"저기, 소마. 나는 이 세계에 두 종류의 인간이 있다고 생각하거든."

"응? 두 종류가 뭔데?"

"평소에 꾸준히 공부해서 벼락치기 할 필요 없는 사람이랑, 아무것도 안 하다가 벼락치기 하는 사람. 참고로 나는 전자."

"너 그런 타입이었냐~."

침울한 얼굴로 책상에 엎드리는 모습을 보니, 소마는 후자인 듯하다.

　"뭐, 필기시험만 있으면 다행이지. 그거 들었어? 예능과 시험."

　"예능과에선 뭐 하는데?"

　그렇게 묻자, 시험의 광경을 상상했는지 소마가 벌레라도 씹은 듯한 표정으로 바뀌었다.

　"연기한대. 이벤트홀에서."

　"관객도 있고?"

　"그렇지. 매년 1학년은 그렇게 시험을 보는데, 일반 학생도 보려면 볼 수야 있지만, 보통은 출연자들 친구나 부모님만 보러 오니까 자리가 10퍼센트 찰까 말까 하는 수준이라나."

　"그야, 잘 모르는 학생 연기를 굳이 보러 갈 사람은 얼마 없겠지."

　"그렇긴 한데, 올해는 미나세가 있잖아. 보통과 학생들도 많이들 보러 간대~."

　"흐음……. 역시 인기 있구나, 그 애."

　지금까지는 의식하지 않아서 그리 눈에 들어오지 않았지만, 같은 학교란 걸 알고 의식하기 시작한 후부터 그녀의 모습이 자주 눈에 들어왔다.

　TV 광고, 드라마, 예능 방송 등등.

　그런 그녀의 연기를 직접 보기 위해 사람들이 모이는 것도 이상하지 않은 일이다.

"나는 남이 보든 말든 상관없는데. 유토는 싫지? 다른 사람 앞에 서는 거."

"……싫지."

"다행이다. 예능과가 아니라."

"무슨 일이 있어도 예능과엔 안 갈 거야……."

담임 선생님이 교실에 들어오는 소리를 듣고 소마는 서둘러 자신의 자리로 돌아갔다.

평소와 별반 다르지 않은 오늘 일정을 말해주는 선생님의 목소리를 듣고 있다 보니, 창밖에선 어느샌가 빗방울이 똑똑 떨어지기 시작했다.

점심시간.

아침에는 똑똑 떨어지는 수준이었던 비가 본격적으로 거세졌다.

안뜰에서 점심을 먹는 학생들은 곤란해하겠지만, 평소 식당에서 밥을 먹는 우리 세 사람은 아무 문제 없었다.

"어떻게 할래? 주말에 또 유토네 집에 모여서 게임 할까?"

"좋아요! 요즘은 동생이랑도 게임 하거든요. 이번엔 지지 않을 거예요!"

집에 사는 내가 허락해 주지 않았는데 멋대로 일정이 정해졌다.

"일단 나는 시험 기간이 코앞이란 걸 알아 줘."

"으응? 그럼 안 돼?"

"……뭐, 상관은 없긴 한데. 예능과도 연기 시험이 있다며."

"누구한테 들었어?"

"친구."

"유토…… 친구 있었구나……."

너무나도 무례한 소꿉친구에게 차가운 시선을 보내며 식사를 이어 나갔다.

내게도 무라이 외의 친구가 있다. ……소마뿐이지만.

"연기라고는 해도 무대 위에서 가볍게 공연하는 것뿐이래요. 저는 연기지만, 아카리는 연기 말고 노래를 하죠?"

"응. 나는 연기 수업은 2학년부터 들어서~……. 좋겠다~ 나도 사람들 앞에서 뭔가 하고 싶어! 주목받고 싶어!"

아카리는 과장되게 우는 척을 하며 무라이의 허벅지 위로 쓰러졌다.

아카리의 이런 스킨십에 익숙해졌는지 무라이는 전혀 개의치 않고 배 앞에 있는 아카리의 머리를 천천히 쓰다듬었다.

식사를 마친 아카리는 "아…… 잠들 것 같아……"라며 행복한 듯한 목소리를 냈다.

"미나세가 있어서 보러 가는 사람이 많다는 이야기를 들었어."

"아아―. 관객이 많은 것도 당연하네요……. 그래도 앞으로 본격적으로 활동하려면 많은 사람 앞에서 연기를 선보이는 데에도 익숙해져야 할 테니까요. 저희 세대는 귀중한 경험을 할 수 있어서 저는 행운이라고 생각해요."

"흐음……. 대단하네."

단순히 긍정적인 것뿐만이 아니라 장래를 생각한 정확한 의견이라 나도 모르게 감탄이 흘러나왔다.

"그래도 문제는 그게 아니에요. 미나세와 누가 팀을 짜느냐가 중요하죠."

아카리를 쓰다듬는 손을 멈추지 않은 채로 무라이는 조금 진지한 표정을 지으며 말했다.

"예능과에도 어릴 때부터 연기를 해 온 사람은 꽤 많이 있거든요. 아역으로 활동한 사람도 있고요. 그래도 역시 아역 때부터 계속 인기를 모았고 지금도 TV에 자주 나오는 사람과는 상당히 차이가 있죠."

"그렇지. 학교에서보다 TV에서 보는 횟수가 많을 정도니까."

예능과 학생들은 2학년이나 3학년에 연예계로 진출하여 활발히 활동하는 경우도 드물지 않은 듯했다.

따라서, 일 때문에 학교에 오지 못하는 학생도 무사히 졸업할 수 있도록 예능과에선 다양한 조치를 취하고 있다.

미나세도 그 시스템을 이용 중이라 학교에 오지 않는 날이 많다고 한다.

"그 연기력 차이가 보는 사람, 특히 연예계 관계자인 시험관의 눈에 어떻게 비칠지가 중요하니까요."

"누가 같은 조가 되든 비교적 수준이 떨어져 보일 거란 소리인가."

"네. 예전엔 시험 때문에 일을 못 받게 되는 경우도 있었다고 해요. 그래서 더욱, 나쁜 쪽으로 눈에 띄고 싶지 않은 거죠."

"그렇구나……."

"아마 미나세는 팀원을 구하느라 애쓰고 있을 거예요. 저도 만일 같은 팀이 되면 꽤 무서울 것 같거든요."

점심 식사를 마친 학생들이 교실로 돌아가서 점점 한산해지는 식당 안을 멍하니 바라봤다.

이런 이야기를 듣고 있으니, 미나세의 곤란해하는 얼굴이 머릿속에 어렴풋이 떠오르는 듯했다.

"끄응~! 피곤한 하루였어!"

"전혀 피곤해 보이지 않는데."

"아냐, 피곤해! 지금도 이 몸은 휴식을 바라고 있다구!"

"뭐야, 그 말투는."

하굣길. 평소처럼 이상한 소리를 꺼내는 소꿉친구에게 적당히 응수했다.

"그래도 피곤한 건 사실이야. 댄스는 꽤 체력이 필요하고, 목 아프면 보컬 레슨 못 받으니까 신경 써야 하고.”

“확실히, 예능과는 조금이라도 컨디션 나빠지면 힘들어지겠네.”

“컨디션 관리 못 하면 강제로 쉴 수밖에 없거든. 그래서 선생님들도 꽤 신경 쓴다나 봐.”

아카리가 그렇게 말하던 그때, 주머니에 넣어 뒀던 스마트폰에 진동이 울렸다.

“아~…… 아카리. 혼자 갈래?”

지금은 오후 6시 조금 넘은 시각.

하늘은 점점 어두워지고 있다.

“응? 조금만 더 가면 집이니까 혼자 갈 수야 있지만…… 무슨 일 있어?”

“엄마가 간장 사 오래.”

“같이 갈까?”

“아니. 슈퍼에 달려갔다 올 거라 먼저 돌아가도 돼.”

“알았어. 그러면 내일 봐~.”

그렇게 말하며 손을 흔드는 아카리에게 나도 손을 흔들어 인사한 후 슈퍼로 향했다.

우리 집에서 항상 사용하는 간장을 구입한 후 슈퍼를 나오자 밖은 이미 어두워져 있었다.

왔던 길을 돌아가 통학로로 들어서자 낯익은 뒷모습이 시야에 들어왔다.

말을 걸지 않고 넘어가려고 했으나, 돌아가는 길이 같다

보니 뒤를 따라 걸을 수밖에 없었다. 그런 나를 수상한 사람이라고 생각했는지 상대가 뚜렷이 경계하기 시작해서, 나는 잠깐 고민한 후 경찰에 신고당하기 전에 말을 걸기로 했다.

"저기. 안녕."

"……읙! ……뭐야, 유토였잖아……."

미나세는 깜짝 놀라 몸을 움찔거린 후, 전투태세라도 취하듯 가방을 끌어안고 재빠르게 뒤돌았다. 그녀의 얼굴을 보니 역시 공포를 느끼고 있었던 듯하여 조금 미안해졌다.

"미안. 좀 더 빨리 인사할걸."

"유토라면 말 안 걸고 그냥 넘어가려고 했겠지."

"……잘 아네."

"어제도 그랬잖아."

작게 한숨 쉰 후, 미나세는 다시 가던 방향으로 몸을 틀어 집으로 향하기 시작했다.

방송용 의상인지 어제보다 조금 더 어른스러운 분위기를 풍기는 그녀를 보니 정말 현역 배우구나, 하는 무척이나 가벼운 감상이 들었다.

"오늘은 일하고 온 거야?"

"오늘'도' 일한 거지."

"인기 배우는 힘들겠네."

"엄청 힘들어."

일일이 내 표현을 수정하는 그녀가 왠지 재밌어서 나도

모르게 웃었다.

"미나세. 내일은 학교 가?"

"일단은."

"나, 아카리랑 학교 같이 가는데 미나세도 같이 갈래?"

"유토, 나랑 가면 괜히 질투받을걸?"

"날 질투할 정도로 신경 쓰는 사람은 없으니까 괜찮아."

"존재감이 옅어서 친구가 없단 뜻이겠지?"

"그렇게까진 안 말했는데."

"아니야?"

"맞긴 해."

어릴 때부터 연예계에 있던 영향으로 타인과 소통하는 능력이 뛰어난 걸까.

연예인이라고 하면 으레 떠올리는 반짝반짝한 이미지와는 다르게 의외로 친근하게 말을 맞받아치는 그녀와 대화하다 보니 편안한 기분까지 들었다.

"음. 아카리가 괜찮다면 같이 등교하고 싶어."

"아카리는 거부할 일 없을걸."

"그런데, 나는 유토라고 부르는데 넌 왜 미나세라고 부르는 거야?"

"……그냥?"

"뭐야. 나기사라고 불러. 나만 유토라고 부르면 내가 거리감도 모르는 착각병 환자 같잖아."

"그렇게 생각하는 사람이 있을까?"

"있을지도 모르지."

본인의 희망대로 이름으로 부르려고 했는데, 어색한 기분이 들어서 입 밖으로 꺼내기가 조금 망설여졌다.

그런 내가 이상했는지 나기사가 시야의 왼쪽 아래에서 내 얼굴을 들여다봤다.

"왜 그래?"

"아니…… 뭐라고 해야 하지. 아카리 말고 다른 여자애를 이름으로 부른 적이 없다 보니 왠지 어색해서……."

"……뭐? 너, 아카리 말고 다른 여사친은 없어?"

"……어."

가렵지도 않은 뺨을 손가락으로 긁으며 대답하자 나기사는 황당하다는 듯 크게 한숨을 쉬었다.

"유토. 혹시 누구랑 사귀어 본 적도 없어?"

"……그럼 안 되나?"

"그 얼굴로 모솔이라니…… 얼마나 말주변이 없는 거야?"

"……딱히 누구랑 사귀고 싶었던 적도 없어."

이성 경험이 없다는 사실이 밝혀져서 조금 볼이 뜨거워졌지만, 나기사는 이 주제가 흥미로운지 가로등 빛을 받은 얼굴에 점점 장난스러운 웃음이 섞이기 시작했다.

"흐음? 고등학생 모델로 일하는 남자애는 맨날 여자친구가 바뀌던데? 너는 정말 관심이 없어?"

"……나기사는 있었어? 남자친구."

그렇게 응수하자, 조금 전까지 멈출 기색 없어 보이던

장난스러운 웃음이 단숨에 자취를 감췄다.

"……좋아. 이 주제는 여기서 끝내자!"

"진짜 뭐 하자는 거야……."

시시한 대화를 나누는 사이 맨션에 도착하여 우리의 대화는 자연스럽게 끝으로 향해갔다.

"그러고 보니 특이한 시험이 있다며? 예능과."

문이 닫히고, 올라가는 소리만 울려 퍼지는 엘리베이터 안에서 난 별생각 없이 시험에 관한 화제를 꺼냈다.

"있다고 들었어."

"들었다니…… 너도 거기 나가는 거 아니야?"

"나는 빠져도 문제없지만. 유토가 신경 쓸 정도면 그 이야기가 꽤 소문으로 돌았나 보지? 그럼 안 나가는 것도 좀 그렇겠네~……."

다른 사람 이야기하듯 말하는 그녀의 표정은 조금 어두워 보였다.

"뭐, 애초에 같이 할 사람이 없어서 나갈 수 있을지 모르겠지만 말이야."

엘리베이터가 목적 층에 도착했다는 전자음을 냈다. 그와 동시에 밝은 표정으로 바뀐 그녀는 엘리베이터에서 내리며 농담하듯이 웃으며 말했다.

"그럼 내일 아침에 봐. 아! 아카리한텐 제대로 말해 놔! 아침에 만났을 때 내가 왜 있냐는 표정으로 보면 부끄러울 것 같으니까!"

"알았어. 내일 봐."

"응. 안녕."

그렇게 말하며 문 너머로 사라진 그녀는 별생각 없는 듯하면서도 뭔가 생각하는 듯한, 무어라 표현할 수 없는 표정이었다. 어째서인지 그 표정이 내 뇌리를 떠나지 않았다.

다음 날 아침. 맨션 입구에서 기다리고 있자 아카리가 나기사를 데리고 나왔다.

"와아~, 나기사랑 같이 학교 갈 수 있다니 기뻐! 요즘 학교에 잘 안 나와서, 이대로 계속 같이 못 가는 줄 알았어."

"응. 나도 기뻐."

그렇게 가볍게 대답했지만 표정에서 배어 나오는 기쁜 기색은 어젯밤 조금 어두웠던 표정은 떠오르지 않을 정도로 평범한 고등학생 1학년다웠다.

"그리고 보니 오랜만에 나기사가 교복 차림이네."

입학식을 제외하면 이웃으로 인사를 왔을 때도, 어젯밤도 사복 차림이었다.

"그런가? 어때? 오랜만에 보니 기뻐?"

"딱히 기쁠 건 없는데……."

"뭐, 난 뭐든 잘 어울리니까~, 이 교복을 입고 돌아다니는 것만으로도 학교 홍보가 될 정도인걸."

단지 오랜만에 봤다는 사실을 말했을 뿐인데, 칭찬받았

다는 전제로 우쭐한 표정을 짓는 나기사는 역시 자신감이
넘치는 타입인 듯했다.

그런 당당한 얼굴 옆에는 온도가 사뭇 다른, 우리를 수
상쩍게 바라보는 소꿉친구의 얼굴이 있었다.

"유토, 원래는 미나세라고 부르지 않았어?"

"……그게 뭐."

딱히 나쁜 짓을 한 것도 아닌데 어째서인지 심장 고동이
조금 빨라졌다.

"아니, 그냥. 유토가 나 말고 다른 여자애를 이름으로 부
른 적은 거의 없으니까. 언제 그렇게 친해진 거야?"

굳이 추궁할 의도는 없는 듯했다. 단순히 머리에 떠오른
의문을 입 밖으로 낸 것뿐이라는 느낌이었다.

"뭐, 좀 일이 있어서……. 그보다 예능과 시험은 언제야?"

조금, 아니, 상당히 억지스러운 화제 돌리기였으나 감사
하게도 둔감한 소꿉친구는 딱히 신경 쓰는 기색을 보이지
않고 머릿속의 일정표를 떠올리는 듯했다.

"노래 부문은 다음다음 주였던가? 연기는 그보다 뒤였
지? 나기사."

"응. 7월 초야."

"유토는 언제야? 시험."

"나는 다음 주."

"뭐? 괜찮아? 전혀 초조해하는 얼굴이 아닌데?"

"유토는 원래 이래. 중학교 때도, 나는 울면서 과제하는

데 유토는 옆에서 펜을 움직이지도 않더라니까."

"네가 하나하나 전부 가르쳐주지 않으면 문제를 못 풀 수준이라 내가 아무것도 못 한 거야……."

……뭐, 이번엔 아카리를 신경 쓰지 않고 집중할 수 있을 듯해서 다행이지만.

◆

"끄응~! 피곤하다!"

입으로는 그렇게 말하면서도 입꼬리를 올리며 전혀 피곤해 보이지 않는 반 친구, 야마다 소마. 방금까지 그와 스터디 모임, 아니, 내가 일방적으로 가르치도록 강요받은 모임이 학교 도서관의 개인실에서 이루어졌다.

이번 시험만큼은 내 공부에만 집중할 수 있으리라 생각했는데, 등교하자마자 2초 만에 소마에게 "공부 가르쳐 주세요"라는 부탁을 받았다.

도서관에서 몇 시간을 보내고 나니 시각은 이미 오후 8시를 넘어섰다.

전철로 통학하는 소마와는 교문을 나서자마자 헤어졌고, 나는 평소처럼 하굣길에 나섰다.

몇 분을 걸어 나가자, 어제와 비슷한 광경이 시야에 들어왔다.

"또냐……."

"뭐야? 너, 사실 내 스토커인 건 아니지?"

"아니. 친구랑 스터디 하고 돌아가는 중이었어."

"정말이야?"

조금 앞에 있던 나기사가 보폭을 좁히며 내 옆에 섰다.

"이런 시간에 여고생이 혼자 밤길을 걷는 건 위험하지 않아?"

"괜찮아. 난 그냥 여고생이 아니잖아."

"배우라면 더 조심해야 하잖아."

"뭐, 요즘엔 수상한 녀석이 있기는 하지. 혼자 밤길을 걷고 있으면 뒤에서 따라오는 녀석."

"……내 이야기냐."

"잘 아네. 자기를 객관적으로 볼 줄 아는 것 같아서 다행이야."

"나기사라면 그렇게 말할 줄 알았어."

아는 척한 게 신경을 건드렸는지 그녀는 눈으로 불만을 표시했다.

나는 그걸 못 본 척하고 화제를 바꿨다.

"그래서, 오늘은 왜 늦게 귀가 중인 거야?"

"학교. 결석할 때 일이나, 7월 시험이나, 설명 들을 게 이것저것 있어서. 생각했던 것보다 오래 걸렸네."

"그렇구나…… 학교는 재밌어?"

그렇게 묻자, 불만을 지우고 평범해 보이던 표정이 단숨에 무표정이 되었다.

배우는 이런 걸까. 표정이 확확 바뀌어서 어느 게 진짜 표정인지 알 수 없었다.

"왜 그런 걸 물어?"

잠깐 보았던 잘 모를 표정도, 즉석에서 만들어진 배우의 웃음 뒤에 감춰졌다.

"나기사가 재밌어 보이지 않아서. 그리고 불만이 있어 보여서."

"……내 얼굴에 그런 게 드러났어?"

"아니. 드러나진 않았어."

몇천 번이나 감상한, 나와 피가 이어진 아버지의 연기. 그리고 아버지와 함께 출연한 많은 배우와 아이돌의 연기.

눈동자를 굴리는 습관, 볼을 물들이는 법, 집중해서 봤던 그것들이 상대가 무슨 생각을 하는지를 알아채는 재료가 되었다.

"……진짜 이상한 녀석이야."

그렇게 중얼거린 그녀는 배우가 아니라 여고생으로서 웃는 것처럼 보였다.

누가 제안한 것도 아니었지만, 우리는 자연스럽게 맨션 근처의 공원으로 들어섰다.

벤치에 먼저 앉은 그녀가 옆에 앉으라는 시선을 보내기에, 나는 조금 거리를 두고 앉았다.

"나 있지. 학교는 그만두는 게 어떨까 생각 중이야."

"음. 출석을 잘 못하고 있으니까?"

"응. 또래 연예인들은 다들 통신제 학교에 들어가서 비대면 수업을 듣는다나 봐."

"나기사는 그렇게 하지 않았다는 건, 여기 입학한 이유가 따로 있단 뜻이지?"

"아직 아무 말도 안 했잖아……. 뭐, 맞는 말이지만!"

나기사는 대화를 예측당한 게 마음에 들지 않았는지 조금 불만스러운 목소리로 대답하며, 왼손 주먹을 살짝 쥐어 내 오른쪽 다리를 가볍게 때렸다.

"나 말이야. 존경하는 분이 있거든. 그분이 말씀하셨어. 이치요에 가면 엄청난 재능을 가진 동갑 애랑 만날 수 있을 거라고. 솔직히, 동갑…… 아니, 좀 더 위 나이대까지 범위를 넓혀봐도 연기로 날 이길 수 있는 사람은 없을 거라고 생각했어. 아니, 지금도 그렇게 생각해."

엄청나게 자신감 넘치는 발언이었지만, 지금도 연예계 톱이라는 사실과 그 뒤에 따라오는 실적을 생각하면 결코 말만 거창한 게 아니었다.

"그래서 그 애가 누군지 궁금해서……. 아니, 나는 그 애한테 질투했던 거지. 내가 평생을 쫓아가도 넘어설 수 없을 거라고 생각한 분이 그렇게까지 칭찬하다니, 엄청나게 부러운 녀석이잖아."

"그래서, 찾았어?"

"……아직이지만. 아마 없을 것 같아. 학교 수업은 몇 번 못 들었지만, 소속사를 두고 활동 중인 애들의 연기는 전부 봤거든. 그런데 느낌이 오는 사람이 아무도 없었어."

"그래서 이제 학교에 있을 의미가 없다고 생각한 거야?"

"그런 거지."

먼저 물어봐 놓고 황당하다고 생각할지도 모르겠지만, 이런 이야기를 들어도 내가 할 말은 딱히 없다.

학교생활이 전부 재미없었던 건 아니겠지.

실제로, 아카리와 같이 있을 때의 그녀는 진심으로 즐거워 보였다.

나기사에게 학교란 연예계와 일상을 구분 지어주는 좋은 장소가 아니었을까.

그렇게 생각하지만, 이런 생각을 입 밖으로 꺼내서 그녀를 붙잡을 수는 없다. 그럴 권리도 없다.

평소엔 일에 쫓기다가 쉬는 날엔 학교에 등교해야 한다는 게 얼마나 힘든 일인지는 어렵지 않게 상상할 수 있다.

그런 나기사의 결정에, 내가 가벼운 기분으로 말을 얹으면 안 된다고 생각했다.

잠시 이어진 정적은 나기사의 "슬슬 돌아갈까?"라는 말에 깨졌다.

어쩐지 그녀의 표정은 뭔가를 결심한 것 같았지만, 그에 관해 나는 여전히 아무 말도 할 수 없었다.

벤치에서 일어선 우리는 다시 걷기 시작했고, 나는 별생각 없이 물었다.

"그러고 보니, 존경하는 분이 누구야?"

"응? 아마 유토도 아는 사람일걸."

조금 앞에서 걷던 나기사가 맨션의 현관문을 열며 뒤돌았다.

"호쿠조 유야. 당연히 알지?"

"······그야 당연히?"

그렇게 말할 생각이었는데 목소리가 제대로 나왔는지 모르겠다.

친구가 존경하는 사람으로 나와 피가 이어진 아버지의 이름을 꺼낼 줄은 상상도 하지 못했다.

"으응? 유토?"

나기사는 어느샌가 발걸음을 멈춘 나를 이상하게 여겼는지 뒤돌아 이름을 불렀다.

전에 없이 동요한 채로 엘리베이터에 올라타고, 나기사의 말에 멍하니 대답하며 복도를 걸었다.

그대로 나기사와 헤어져, 집 거실 소파에 몸을 깊이 파묻은 후에도 내 심장은 조금 빠른 템포를 유지하며 뛰고 있었다.

"어서 와~."

"······다녀왔습니다."

내게 얼굴을 비치러 나온 엄마는 막 씻고 나온 참인지 아직 머리카락이 젖어 있었다.

내 귀가를 확인한 엄마는 곧바로 다시 화장실로 돌아갔다.

소마와 스터디 모임을 하게 되었을 때, 메시지 어플로

귀가가 늦어질 것 같다고 전해 둔 상태였다. 그때 받은 답장대로 식탁엔 식사가 준비되어 있었다.

식사를 데운 후, 테이블 위에서 손을 모으고 식사를 시작하려는데 엄마가 화장실에서 나와 거실 소파에 앉았다.

식사도 하는 둥 마는 둥 하며 나는 엄마에게 물어보기로 했다.

"엄마. 내가 이치요에 입학한다는 거, 아버지도 알고 있어?"

"알고 있지. 유토 일로 꽤 자주 연락하는걸."

처음 듣는 소리다.

잘 생각해 보면 호쿠조 유야는 우리에게 경제적 지원을 해 주고 있으니, 엄마와 지속적으로 연락하는 것도 이상한 일은 아니다. 연락을 하며 나에 관한 이야기를 나누는 것도……

예능이나 생활 밀착 방송에서 본 아버지의 모습은 무척 상냥해 보였다.

언젠가 방송에서 아이를 좋아한다고 말했던 것도 기억에 남아 있다.

여러 기억이 머릿속에 어지럽게 떠올랐다.

만일 내 상상이 사실이라면, 호쿠조 유야가 나기사에게 말했던, 엄청난 재능을 지닌 아이라는 건……

"그건 왜 갑자기 물어? 아, 참고로 내가 먼저 유토 이야기를 꺼낸 건 아니야. 아빠가 궁금하다니까 알려준 것뿐이지."

내가 평소처럼 세간에 혈연관계가 드러날 가능성을 우려한다고 오해했는지, 엄마가 혹시나 해서 말한다며 변명을 덧붙였다.

"그건 딱히 신경 안 써……. 아버지 입장에선 경제적 지원을 해 주는 상대니까 궁금한 것도 당연하지."

"그러면 다행이고…… 아, 그러고 보니 요즘 유토의 사진을 안 보낸다고 슬퍼했었지……."

"……사진도 보냈어?"

"꼭 보고 싶다고 하니까~…… 역시 하나뿐인 아들이라 예뻐하는 거 아닐까? 그 사람, 아이 좋아하니까. 말 나온 김에……."

엄마는 그렇게 말하며 스마트폰의 카메라를 내게 향했다.

사진이 찍히는 건 굳이 말하자면 좋아하지 않는 쪽이라 평소라면 저항했겠지만, 갑자기 몰려든 수많은 정보에 사고가 멈춰서 몸이 제대로 움직이지 않았다.

지금까지 아버지가 불편한 건 아니었지만, 그가 우리를 계속 지원해 주는 건 단순히 책임감 때문이라고 생각했다.

그래서 엄마 앞에선 아버지에 관한 화제를 꺼내지 않으려 노력했고, 이와 관련해 자세히 묻는 것도 금기시해 왔다.

가족은 나와 엄마, 우리 둘뿐이라고 생각했다.

그런데 나는 아무래도 오해를 하고 있었던 모양이다.

TV 카메라는 아버지의 진짜 모습을 담고 있었다. 세상 사람들이 아는 상냥하고 성실한 호쿠조 유야처럼, 그는 우리에게 확실히 애정을 품고 있었던 모양이다.

그리고, 내 사진이 전송되자마자 몇 초도 지나지 않아 엄마의 스마트폰이 메시지 도착을 알리며 진동했다.

"……아버지야?"

"응. 항상 대답이 빠르다니까~ 유토와 관련된 일에는."

아버지가 내게 애정을 품었다는 사실을 뒷받침하는 지금 상황은, 내 머릿속을 둥둥 떠돌다가 하나의 결론에 귀결되려 했다.

나기사가 말했던, 재능이 있다는 동갑 아이가 나일 가능성이 있다.

아들에게 애정을 품은 아버지가, 어릴 적부터 TV 화면 속 호쿠조 유야의 연기를 잡아먹듯이 보던 나를, 콩깍지 낀 부모의 시선으로 자신과 같은 연기 재능을 지녔을지도 모른다고 생각하여, 남에겐 말하지 못할 부자 관계를 숨기며 반쯤 자랑하듯이 나기사에게 이야기했다…….

……가능성 있는 이야기일지도 모른다.

"……잘 먹었습니다."

일단 식기를 싱크대에 가져간 후 크게 숨을 들이마셨다.

조금 차분해진…… 아니, 생각을 잠시 포기한 머리에 조금 여유가 생겨났다.

나는 아직도 스마트폰으로 아버지와 대화 중인 엄마를 곁눈질하며 탈의실로 향했다.

몸을 움직이는 것에만 집중하여 머리를 비우고 샤워를 마친 후 욕조에 몸을 담갔다.

"애초에 내가 그 애란 걸 증명할 방법은 없잖아."

머릿속 정보를 정리하기 위해 혼잣말을 중얼거렸다.

엄마를 통해 물어봐서 진실을 알아낸다 해도, 그 답을 나기사에게 알려줘야 할지는 모르겠다.

그러니까 어차피 나는 아무것도 하지 못한다는 뜻이다.

그렇게 결론을 낸 나는 몸을 감싸는 따뜻한 욕조 물에 의식을 집중시켰다.

"너무 안 나와서 무슨 일 생긴 줄 알았어."

"좀 생각할 일이 있어서……."

예상했지만, 기분을 미처 다 전환하지 못한 나는 현기증이 날 정도로 오래 욕조에 몸을 담그고 말았다.

"유토. 아빠가 슬슬 만나고 싶대."

"……아무리 그래도 그건 어렵지 않을까?"

지금 만난다면 '재능을 지닌 아이'의 진실을 밝혀야 할 테고, 애초에 직접 만났다가 내가 세상에 부자 관계가 밝혀질 만한 실수를 저지르기라도 한다면 아버지에게도, 엄마에게도 좋지 않다.

"그래도 언젠간 만나야 하겠지……."

아까 본 아버지의 반응을 생각해 보면 계속 만나지 않는 것도 실례되는 일인 데다가, 아버지로서 아들을 못 만난다고 생각하니 어쩐지 안쓰러웠다.

언제쯤이어야 안전할까.

고등학생 신분으로 호쿠조 유야와 만나는 것보단 성인이 된 이후가 나으려나.

"나도, 아빠도 어차피 유토가 개인적으로는 만나주지 않을 거라고 예상하고 있었어."

"그러면 왜 물어본 거야……."

내가 세간에 정체를 들키는 것을 가장 싫어한다는 걸 알면서도 굳이 말을 꺼낸 엄마가 황당해서 한숨을 쉬자, 엄마가 귀를 의심할 만한 말을 꺼냈다.

"그래서 말인데. 아빠가 일 때문에 조만간 이치요에 간대! 예능과 시험의 심사 위원을 맡는다나 봐."

……오늘은 일단 잠부터 자자.

뇌의 사고가 멈춘 나는 양치하기 위해 화장실로 향했다.

시험을 코앞에 둔 토요일.

반 친구들은 집중해서 각자 시험 대비에 몰두하고 있을 것이다.

물론 나도 그러고 싶다. 하지만 그럴 수 없는 이유가 있다.

"어떻게 하지…… 정말로……."

내 방에서 시험공부에 집중하던 오후.

내 집중을 끊어낸 건 앞에 있는 소녀, 미나세 나기사가 누른 초인종 소리였다.

문을 열자마자 들려온 건 "집에 또 누구 있어? 아무도 없으면 들어갈게"라는 전국의 남고생들이 환호할 만한 멘트였다. 하지만 그녀가 실제로 꺼낸 본론은 자퇴를 고민 중이라는 무거운 내용이었다.

"지금 당장 그만둘 이유가 있는 건 아니잖아?"

"응……. 하지만 지금도 학교엔 자주 못 나가고 있고, 입학한 목적이었던 그 애도 없는 것 같고, 솔직히 아카리랑 유토 말고는 대화할 수 있는 친구도 없고, 두 사람은 어차피 집이 가까우니까 학교를 그만둬도 만날 수 있고……."

입학 목적이었던 애, 라는 말에 귀가 멋대로 반응했다.

나의 친부인 호쿠조 유야가 나기사에게 말했다는, 이치

요에 가면 만날 수 있다던 엄청난 재능을 지닌 동갑 아이.

그게 나일지도 모른다는 말을 나기사에게 전하면 그녀는 어떤 생각이 들까.

목적했던 사람을 찾아서 기뻐할까? 아니지. 또래 동업자들과 다른 진로를 고르면서까지 찾은 게 진학과의 연기 초보라니. 실망 외에 어떤 감정을 느낄 수 있겠어.

……애초에 아버지와 같은 길을 걷고 싶지 않아서 연기에는 발끝도 담그지 않은 나다. 연기 경험이 전혀 없는 내게 재능이 있으리라 생각하다니, 부모 콩깍지가 너무 두껍지 않나.

"시험도 못 치를 것 같고, 달리 방법이 없을 것 같아……."

나기사는 어딘가 체념 섞인 시선으로 창밖의 풍경을 바라봤다.

"……뭔가 도움이 필요하다면 얘기해 줘. 조금이라면 도와줄 수 있으니까…… 아마도."

그렇게 말하자 그녀는 의외라는 표정으로 바로 웃음을 터트렸다.

"뭐야? 유토가 어떻게 도와줄 건데?"

재밌는 소리를 들었다는 듯이 웃으면서 날 놀리듯 조금씩 거리를 좁혀온다.

부자 관계가 들킬까 무서워서 호쿠조 유야가 학교에 온다는 사실조차 전하지 못했지만, 최소한의 죄책감이라도 덜기 위해 꺼낸 말이었는데. 부끄러움이 치밀었다.

상대는 현역 배우고 나는 평범한 일반인. 애초에 위치가 다르다.

볼에 살짝 열이 오르는 것을 느끼며 나기사의 놀림을 받고 있는데, 그녀가 내 어깨에 뺨을 가져다 댔다.

"그래도 마음은 받아둘게……."

그녀의 얼굴은 보이지 않았기에 본심인지는 모르겠다.

평소엔 도도한 성격의 나기사다. 지금 내 귀에 들어오는 약한 목소리도 실은 그냥 연기일지도 모른다.

하지만 사실이 어떻든 상관없다. 지금은 그녀의 말만 생각하자.

그녀의 말만을 믿자.

잠시 그렇게 있자, 그녀가 고개를 들었다.

"그럼 정말로 도움이 필요하면 울면서 부탁하러 올게."

"그건 안 돼. 그랬다간 무리한 부탁이어도 거절 못 할 것 같아."

"어머? 쌀쌀맞을 것 같은데 의외로 여자의 눈물에는 약하구나?"

"엄마의 교육 덕분에."

"여자의 눈물은 9할은 거짓말이라고 생각하면 될걸."

"남자는 그 1할을 위해서 속는 거야."

평소처럼 의미 없는 대화로 돌아온 후, 나기사가 침대에 풀썩 누웠다.

"미안. 방해해서. 시험 공부 중이었지? 계속해. 나는 조용히 있을 테니까.”

농담인가 했지만 정말 눌러앉을 생각인지 그녀는 느긋하게 누워 스마트폰을 만지기 시작했다.

나도 신경 쓰지 않도록 하며 책상 앞에 앉았으나, 역시 아카리가 있는 것과는 느낌이 달랐다.

어째서인지 내겐 경계심을 푼 모양이지만, 이렇게 또래 남학생 침대에 누워도 되는 건가.

그런 생각을 입 밖으로 내 봤자 달라질 건 없었기에, 어쩔 수 없이 나는 평소의 절반 정도 되는 집중력으로 공부를 시작했다.

다음 주 월요일. 시험 당일.

엘리베이터 앞에서 아카리를 기다리고 있자, 아카리네 집 문이 조금 열리더니 잠옷 차림의 아카리가 “먼저 가~!”라고 말했다.

중학생 때엔 자주 있었던 일이기에 개의치 않고 엘리베이터 버튼을 눌렀다. 그리고 뒤에서 누군가 내 등을 때렸다.

“좋은 아침!”

“나기사였냐. 오늘은 학교 가?”

“응. 아카리는?”

“늦잠 자서 늦는대.”

“그렇구나…… 같이 학교 가면서 추억을 쌓고 싶었는데.”

"……이제 결심한 거야?"

"대충은. 예능과에서 배울 것도 없고, 친구가 말해 준 통신제 학교에도 조금 흥미가 생겼거든."

"그렇구나. 엄마가 언제든 집에 놀러 와도 된다고 했으니까, 앞으로도 남처럼 대하진 말아 줘. 내 얼마 없는 친구니까."

그렇게 말하자 나기사는 만족한 듯한 눈으로 나를 바라보며 쿡쿡 웃었다.

"뭐야, 그건. 알았어. 얼마 없는 일반인 친구로 존중해 줄게."

"그건 고마운 소리네."

그 후엔 평소와 같은 대화가 이어졌다.

토요일엔 조금 흐려 보였던 표정도, 오늘은 상당히 밝아 보였다.

교문으로 들어선 우리는 학습동 로비에 도착해 실내화로 갈아신었다.

평소였다면 2층에 교실이 있는 아카리, 무라이, 나기사와 여기서 헤어지고 바로 빠져나갔겠지만 오늘은 달랐다.

동아리 홍보지나 학교 행사 포스터 등이 붙는 게시판 앞에 학생들이 모여 있었다.

"뭐지? 다들 모여 있네."

"글쎄? 게시판에 뭔가 붙은 모양인데……."

"뭐, 곧 관둘 나랑은 관계없는 일이겠네."

그렇게 말하며 자기 교실로 향하려던 나기사와 내 사이로 낯익은 반 친구가 끼어들었다.

"유토! 저거 봤어?"

같은 반인 야마다 소마가 게시판을 가리키며 흥분한 얼굴로 상황을 전달해 주려 했다.

"아니. 아직 못 봤는데."

소마의 흥분한 모습에 조금 놀랐는지 나기사도 발걸음을 멈추고 소마를 바라봤다.

"그게 있지! 예능과 시험 심사 위원으로, 그 호쿠조 유야가 온대!"

소마의 뒤에 있던 나기사의 표정이 굳었다.

"그건…… 잘됐네?"

사전에 알고 있던 정보였던 데다가, 친구의 입에서 나온 부친의 이름에 조금 동요하여 이상한 대답이 튀어나오고 말았다.

그런 대화를 나누고 있자, 굳어 있던 나기사가 움직이더니 소마를 밀어내고 내 양쪽 어깨를 힘껏 붙잡았다.

"유토…… 나, 아직은 관둘 수 없어."

그렇게 말한 나기사의 표정은 전과는 비교도 되지 않을 정도로 고양되어 있었다.

◆

이치요 고등학교의 필기시험은 5일간 진행된다.

하루에 두세 과목씩.

그 덕분에 시험 주간은 다른 과 학생보다 일찍 귀가할 수 있었다.

학생들은 그걸 활용해 보통 교내에서 자습하거나, 친구와 카페에서 스터디 모임을 하는 듯했다. 하지만 내 유일한 스터디 모임 멤버인 소마는 오늘 다른 친구와 공부 약속이 있다고 한다.

괜찮으면 나도 함께해도 된다고 했지만 정중히 거절했다.

처음 만난 사람들에게 둘러싸였다간 제대로 대화도 못하고 분위기를 망치리란 예상이 쉽게 가능했다.

오늘의 시험을 마치고, 평소엔 수업 중이었을 시간에 교실을 나와 걸었다.

시험을 마친 학생들이 아직 교실에 많이 남아 있는지 복도에 나와 있는 학생 수는 매우 적었다.

딱히 할 일이 있는 것도 아니었기에 조용한 교사 내를 걸어 현관으로 나오자, 아침에 사람들이 모여 있던 게시판 앞에 낯익은 얼굴이 있었다.

내 앞자리 학생, 아이다 유메였다.

마주쳤다고 해도 말을 걸 정도로 친한 사이는 아니었기에 신경 쓰지 않고 하교하려 했는데, 입학식 때 들었던 맑은 목소리가 나를 불렀다.

"……아오이 군……이었나? 봤어? 저 포스터."

갑자기 내게 말을 걸었다는 사실에 놀라서 뒤돌아보자, 아이다가 나를 바라보며 게시판에 붙은, 호쿠조 유야가 학교에 온다는 내용의 포스터를 가리키고 있었다.

"보진 않았는데…… 야마다가 말해 줘서 뭔지는 알고 있어."

"그렇구나…… 미안. 놀랐어? 비둘기가 콩알탄이라도 맞은 것 같은 얼빠진 표정이네."

그렇게까지 얼굴에 드러나진 않았을 것 같은데……. 그보다, 최근 여고생 사이에선 자연스럽게 디스하는 게 유행인가?

아카리나 나기사도 가끔 자연스럽게 디스하던데.

"나한테 말을 걸 줄은 몰라서. 사과하진 않아도 돼."

"그러고 보니 평소에 내가 말을 건 적이 없었네. 미안. 가던 길이었으면 가도 돼."

입으로는 그렇게 말했지만, 내 착각이 아니라면 그녀는 "왜 불렀어?"라고 물어봐 주길 바라는 듯한 분위기를 풀풀 풍기고 있었다.

……하지만 그것도 단순히 내 주관적인 생각일 뿐이고, 아닐 가능성도 있다.

그래서, 나는 아이다의 말에 따라 그냥 돌아가기로 했다.

안녕, 아이다. 내일 봐.

마음속으로 그런 인사를 건네며 신발을 갈아신으려 했다.

"……왜 안 물어봐? 오늘은 왜 말 걸었어? 라고."

본인이 직접 말할 줄은 몰라서 나도 모르게 손에 들고 있던 신발을 바닥에 떨어트렸다.

"별로 대화한 적도 없는데 자세히 물어보면 실례일까 봐……."

"대화? 한 적 있잖아. 입학 다음 날 조회 시간 3분 전에. 너랑 야마다가 내 이야기를 했잖아?"

"……그걸 대화라고 할 수 있나?"

짧게 주의만 받았던 것 같은데…….

"대화지. 대화란 건 두 사람 이상이 모여서 서로 말하는 거잖아. 그 정의에 따르면 그건 대화였어."

"음…… 확실히 대화네."

지금 이 대화만으로 아이다가 어떤 사람인지가 파악된 기분이었다.

"아, 그래서 왜 말을 걸었냐면, 그냥 신나서야."

"신났다고?"

"나, 호쿠조 유야의 팬이거든."

아이다가 그렇게 말하며 어째서인지 자랑스럽단 얼굴로 콧소리를 내더니 당당한 표정을 지었다.

"아~…… 그래서 포스터를 빤히 보고 있었구나."

"그런 거지."

"의외네……. 내 편견일지도 모르겠지만 배우나 연예인한테는 관심 없을 줄 알았어."

"그래? 내가 딱히 그런 이미지는 아닌 것 같은데……."

평소 내 자리에서 보이던 독서가의 얼굴.

긴 흑발에 곧은 자세.

단정하게 차려입은 교복에 제대로 무릎 아래까지 가리는 치마.

그 요소들이 조금 딱딱한 분위기를 만들어 내고 있었다.

"……잠깐."

그런 생각을 하다가 시선이 아래로 내려간 게 실수였을까.

"내 허벅지 보지 말아줄래?"

엄청난 변태로 오해받고 말았다.

"안 봤는데……."

"거짓말하지 마. 좋아한다며? 여자애 허벅지."

확실히 소마와 그런 대화를 하는 중에 아이다가 다가왔던 기억이 있다.

그렇긴 한데…….

"그렇게까지 굶주려 있진 않아."

"글쎄. 실제로는 어떨지 모르지."

아이다가 팔로 자기 몸을 껴안고 자기를 지키는 듯한 자세를 취했다.

그만둬. 하교하는 학생들의 시선이 모여든다고.

"농담이야. 하긴 너는 여자가 익숙해 보이니까, 확실히 굶주리진 않았겠네."

몸을 지키는 방어 자세는 풀어서 다행이지만 다른 오해가 나타났다.

"여자가 익숙하진 않은데……?"

"그래? 예능과 학생들이랑 자주 같이 다니잖아. 오늘 아침에도 미나세랑 같이 있지 않았어?"

"같이 있긴 했지만…… 얼마 없는 친구 중 한 명이야. 결코 여자에 익숙한 게 아니라."

"어머? 그랬구나. 미안."

"뭐, 상관없지. 그럼 난 슬슬 가볼게."

내일도 시험이 있다.

집에 돌아가 공부에 집중할 수 있다면, 최대한 빨리 돌아가는 편이 좋다.

그 말을 남기고 이번에야말로 신발을 갈아신은 후, 발걸음을 옮겼다.

"잠깐만."

"……왜?"

아무래도 뭔가 용건이 남아 있는 듯, 아이다가 스마트폰을 들고 거리를 좁혀왔다.

"연락처 교환하자. 이 정도로 많이 대화했으면 이제 친구지?"

딱히 거절할 이유도 없었기에 나도 스마트폰을 꺼내 아이다가 내민 QR코드를 읽었다. 이 학교에는 특이한 사람뿐인가 하는 의문이 떠올랐다.

처음엔 공부에 열중하는 공붓벌레 타입인 줄 알았다.

하지만 오늘 대화하고 난 후에야 그게 아니었다는 걸 알았다.

소마처럼, 그녀도 기인 중 한 명이었다.

연락처를 교환하자마자 어딘가로 빠르게 사라지는 그녀는 정말로 소마를 방불케 하는 돌풍 같은 사람이었다.

혼자 남겨진 현관에서, 스마트폰 화면으로 시선을 내렸다.

어쩌다 보니 고등학교에 들어와 처음 얻은 여자애의 연락처.

그녀의 프로필 아이콘은 내 친부의 사진이었다.

"왠지…… 불안한데……."

나도 모르게 그런 말이 흘러나왔다.

아이다에게서 해방된 후 그대로 귀가한 나는 오랜만에 내 방에서 온전히 공부에 집중할 수 있었다.

지금까진 매주 찾아오는 아카리에, 지난주에는 나기사의 방문이라는 변수가 생겨 공부에 집중하기가 어려웠다.

시험이 그렇게까지 불안하진 않았지만, 시험 대비가 어느 정도 된 것뿐이지 완벽하다는 건 아니었다.

엄마도 외출 중이었기에 점심은 컵라면이라는 시간 효율을 중시한 메뉴로 때우고, 조용한 방에서 공부하는 이상적인 시험 기간의 일상을 보냈다.

30분 집중한 후, 5분 정도 휴식.

내가 집중하기 좋은 시간 패턴으로 진행하다 보니 눈 깜짝할 새에 시간이 지나갔다.

시각은 벌써 오후 5시를 넘겼다.

평소였다면 하교하여 집에 도착했을 시간이다.

텍스트를 향한 집중을 잠시 끊고, 빈 머그컵에 녹차를 리필하기 위해 방을 나와 전기 포트로 물을 끓이기 시작하자마자 초인종 소리가 들려왔다.

"실례하겠습니다~!"

문을 열자 경쾌한 리듬으로 스텝을 밟으며 들어오는 소꿉친구.

"실례하겠습니다."

그리고 그 뒤를 당연하다는 듯이 따라 들어오는 무라이.

"들어와."

두 사람을 방으로 안내한 후, 물을 더 끓여서 두 사람에게 녹차를 건넸다.

"오! 센스 있네~!"

"감사합니다."

하도 자주 쳐들어온 나머지 남의 집이란 사실을 잊고 만 소꿉친구와, 제대로 예의를 차리는 그 친구.

남의 모습을 보고 제 버릇을 고친다는 속담처럼 아카리도 무라이를 보고 예의를 배우길 바란다.

"미안해요, 아오이 군. 시험 기간이라고 해서 아카리를 막으려고 했는데……."

"아냐. 괜찮아. 오늘은 일찍 하교해서 공부는 할 만큼 했거든, 쉬려던 참에 두 사람이 와 줘서 오히려 좋았어."

"그런가요……. 그렇다면 다행이네요."

그렇게 말하며 무라이도 평소 제 위치에 자리 잡은 아카리의 옆에 앉아 소파에 깊이 몸을 묻었다. 상당히 편안해 보였다.

침대 옆 협탁에 내 컵을 올려두고, 두 사람 뒤에 있는 침대에 누웠다.

아카리는 오늘 게임이 아니라 영화를 보고 싶다면서 리모콘을 조작하여 영화를 골랐다.

본 적 없는 로맨스 영화다.

영화는 제법 많이 보는 편이지만 아버지가 출연하지 않는 작품은 별로 보지 않는다.

두 사람은 집중하면서 감상할 생각은 아닌지, 대화를 즐기며 화면을 바라봤다.

"아, 그리고 보니 아오이 군. 그 이야기 들었어요? 호쿠조 씨가 이치요에 온대요!"

"어어. 들었어."

"반응이 작네요……. 꽤 엄청난 일 아닌가요? 예능과 학생들은 굉장히 들떠 있어요. 호쿠조 유야는 연기에 뜻을 둔 사람들에겐 전설 같은 분이니까요."

"흐음……. 무라이도 팬이야?"

"으음…… 팬이라고 해야 하나……. 저, 이런 말 하면 염치없다고 생각할지도 모르겠지만……."

무라이는 볼을 살짝 붉히며 "웃지 말아 주세요"라는 시선을 보냈다.

"그런 생각 안 해."

"그럼 말할게요……. 팬이라기보다는, 따라잡아야 할 사람……이라고 생각, 해요."

제 입으로 말하는 게 조금 긴장되었는지 어미가 평소보다 딱딱해졌다.

"부끄러워할 만한 일은 전혀 아니라고 생각하는데."

"그런가요……."

볼을 붉힌 무라이는 다시 화면으로 고개를 돌렸다.

"그래도 이번 연도 신입생들은 진짜 운 좋다! 호쿠조 씨가 직접 연기를 봐 주신다니, 그 후에 또 개별로 조언도 해 주신다며?"

"네. 운이 좋았다고 생각해요. 하지만……."

아카리의 의견에 동의한 무라이의 표정이 조금 흐려졌다.

"미나세 씨에게는 더 조건이 가혹해졌을지도 모르겠네요."

그녀는 손에 들린 머그컵으로 시선을 떨어트리며 작은 목소리로 말했다.

"호쿠조 씨가 심사위원을 맡는다는 건, 심사 위원 측이 지닌 연예계 영향력도 굉장히 커진단 뜻이에요. 그런 상황에서 굳이 미나세 씨와 비교당하고 싶은 사람은 거의 없겠죠. 애초에 누가 같이 팀을 하든 미나세 씨의 발목을 잡기만 할 거예요."

나는 무라이의 이야기를 차근차근 머릿속에 입력하며 정리했다.

오늘 아침 나기사의 눈은 의욕으로 가득 차 있었다.

존경하는 사람이 동업자가 아닌 심사 위원으로서 평가해 준다는 것에 가치를 느꼈겠지.

하지만 문제는 여전히 남아 있다.

그녀와 함께 단상에 올라갈 사람이 과연 있을까.

"그런데 이상해요. 팀을 짠 사람들은 선생님에게 신청한 다음에 교무실 앞 종이에 이름을 적는데, 미나세 씨는 이름도 적지 않고, 팀원을 찾는 기색도 없었거든요. 그나마 오늘은 몇 명한테 말을 거는 것 같던데, 다들 이미 팀을 정한 상태라……."

안타깝다는 목소리로 말하는 무라이는 역시 상냥한 사람이다.

나기사가 멤버를 찾지 않은 건, 아마 예전부터 시험을 볼 생각이 없었기 때문이다.

하지만 그 생각은 오늘 바뀌었다. 그러나 마음을 바꾸는 게 늦었다.

"제가 팀을 나와서 도와줄 수 있다면 좋았겠지만, 오늘 용기 내서 말을 걸어 봤더니 남자만 한 명 있으면 된다면서 거절하더라고요……."

"나기사도 자기 영향력이 신경 쓰이겠지. 의외로 섬세한 부분이 있으니까."

함께할 팀원을 최소화하려는 배려겠지.

"어라? 아오이 군. 미나세 씨와 아는 사이인가요?"

조금 전까지 심각한 표정을 짓던 무라이가 내가 중얼거린 말에 반응하여 바로 얼빠진 목소리를 냈다.

"아. 히나타는 몰랐나? 미나세, 이 옆에 살아."

"최근에 이사를 와서 나도 알고 지낸 지는 얼마 안 됐지만⋯⋯. 그러고 보니 무라이한테 말을 안 했었네."

"전─혀 몰랐어요!"

무라이가 '전혀'를 강조하며 상체를 내밀면서 놀라움을 표현했다.

"알았으면 미리 친해져서 어떻게든 도와줄 수 있었을지도 모르는데⋯⋯."

"⋯⋯무라이는 사람이 좋네."

"그렇지? 히나타는 착해."

어째서인지 자랑스럽단 표정으로 옆에서 무라이의 머리를 쓰다듬는 아카리와, 칭찬이 익숙하지 않은지 얼굴을 붉히는 무라이.

이젠 아무도 TV 화면을 보고 있지 않다.

"신경 안 써도 괜찮을 거야."

"괜찮다니, 그런 무책임한⋯⋯."

"괜찮아."

나는 아까보다 힘이 들어간 목소리로, 결연하게 말했다.

"괜찮아. 내가 어떻게든 해 볼게."

◆

시험이 하루밖에 남지 않은 목요일.

낮에 혼자 공부하고, 저녁에는 아카리와 무라이가 집에 찾아오는 흐름이 정착되었다.

오늘도 평소처럼 공부에 집중하다가 현관 초인종 소리를 듣고 고개를 들었다.

시각은 아직 오후 3시가 되기 전.

평소보다 이른 시간이었다.

"……안녕."

"음? 오늘은 일?"

"응."

"그렇구나."

그 정도로 인사를 마치고 초인종을 누른 나기사를 집 안으로 들였다.

내가 건넨 머그컵에서 김이 나는 걸 바라보는 그녀의 표정에선 무슨 생각을 하는지 전혀 읽어낼 수가 없었다.

아무렇지 않게 침대에 앉는 그녀를 보고 당황했지만, 조금 고민한 후 나도 거리를 두고 침대에 앉았다.

"그래서? YOU는 왜 우리 집에?"

"음…… 그냥?"

조금 무거운 분위기를 환기시키고자 꺼낸 나의 별것 아닌 유머는, 나기사가 바라보는 김과 함께 사라졌다.

"……그래서? 무슨 일 있었어?"

예상은 가지만 처음부터 순서를 밟아나갔다.

1초씩 천천히 흘러가는 시간이 나를 그렇게 만들었다.

"나, 시험을 보고 싶다고 말했었지?"

그녀가 중얼거리듯이 말을 이어 나갔다.

"'아직 관둘 수 없어'라고 했었지."

"유야 씨. 아역 때부터 같이 출연할 때마다 계속 칭찬해 줬거든. 내 연기를."

"아, 성격 좋아 보였으니까. 그 사람."

특히 아이를 좋아한다는 말은 예전부터 TV에서 해 왔다.

"응……. 그래서, 어느 날 궁금해졌어. 유야 씨가 나를 제대로 평가한다면 어떨까."

"그래서 시험을 보기로 한 거구나."

"맞아. 뭐, 지금 상황에선 어려울 것 같지만……."

그렇게 자조하듯이 말한 그녀는 끝도 모르고 바닥 아래로 파고들 듯한, 모든 의욕을 상실한 것만 같은 어두운 모습이었다.

"나도, 좀 더 빨리 움직였어야 했어. 다들 팀을 짰더라고."

"그것도 나기사가 배려한 결과잖아? 넌 의외로 그런 부분 있으니까."

그렇게 말하자 그녀는 얼굴로 드러나던 어두운 감정은 어딘가로 숨겼는지 히죽거리며 웃었다.

"으응~? 뭐야? 갑자기 남자친구 행세~? 확실히 친해지긴 했지만 아직은 조~금 이르지 않나? 역시 여사친이 적으면 속도 조절이 좀 어렵나? 좀 더 사이가 가까워진 후에 다시 생각해 줬으면 하는데~?"

나기사가 명백히 놀리는 말투로, 마치 어린애를 대하는 윗사람 같은 시선으로 지적했다.

"그런 게 아니라……."

남자친구 행세란 말에 반응해 체온이 높아졌다.

아마 내 볼도 빨개졌겠지.

그걸 확인한 나기사는 만족스럽게 웃었다.

"뭐. 내일은 학교 가는 날이니까 좀 더 노력해 볼게."

나기사는 단숨에 머그컵을 기울여 마시더니, 다 비운 컵을 협탁에 두고 일어섰다.

"만화책 봐도 돼?"

"아카리 거지만 괜찮겠지."

"……허락을 받고 보는 게 좋으려나?"

"괜찮을 거야. 내 방에 있으니까 소유권은 나한테 있을걸. 잘은 모르겠지만."

"그 말도 맞네."

잠시 그렇게 있다 보니, 초인종을 누르면서 동시에 문을 연 2인조가 그대로 내 방을 향해 다가오는 발소리가 들렸다.

"실례합니다~…… 엇, 나기사잖아! 오늘은 벌써 일 끝났어?"

"응. 오늘은 꽤 빨리 끝나서."

"그렇구나아"라며 자연스럽게 평소 앉던 소파에 자리 잡는 아카리.

평소라면 곧바로 따라왔을 무라이는 조금 어색한 표정으로 아카리와 나를 번갈아 바라봤다.

"안녕. 전에 이야기 나눴었지? 무라이……라고 부르면 될까?"

"아, 안녕하세요…… 무라이 히나타입니다."

"나는 유토 옆에 앉으면 되니까 아카리 옆에 앉아."

"아, 감사합니다."

그 말을 들은 무라이는 주뼛거리며 평소 위치에 앉았다.

무라이도 배려심이 강한 사람이라 나기사만 혼자 따로 앉히는 게 망설여졌던 듯했다.

"맞다. 히나타한테는 말했는데, 나기사도 내일 올래? 유토의 시험 종료 기념회."

"잠깐. 나는 모르는 이야기인데."

"유토 엄마가 말했는데?"

"난 못 들었다고……."

어느샌가 내가 모르는 곳에서 모임이 기획되었던 모양이다.

당황한 표정을 짓자, 옆에서 나기사가 나에게만 들리는 작은 목소리로 "평소엔 쿨한 척하면서 놀림당하는 거 보니까 재밌네"라고 속삭이며 히죽거렸다.

"그래서, 나기사도 올 수 있어~?"

아카리의 질문에 나기사는 뻗었던 다리를 접어 무릎을

끌어안고 미소 지으며 나를 올려다봤다.

"괜찮아? 나도 참가해도."

"……마음대로."

본 적 없는 부드러운 미소를 지으며 숨 소리를 섞어서 물어보면 거부할 수도 없다. 나는 얼굴이 보이지 않도록 고개를 돌리며 허락했다.

다음 날, 나는 소마가 보통과와 진학과 학생들을 모아서 주최한 시험 종료 기념회엔 참가하지 않고 집으로 직행했다.

더 공부할 필요 없는 이른 귀가를 만끽하며 독서에 집중하고 있다 보니, 어느새 아카리와 무라이가 찾아왔다.

엄마가 평소보다 신경 써서 준비한 요리를 테이블에 늘어놓을 때도 나기사는 모습을 보이지 않았다. 그래서 내가 대표로 부르러 가게 되었는데…….

띵동…….

초인종을 누르고 몇 초가 지나도 반응이 없었다.

급한 일정이 생겼나? 아니면 자고 있나?

혹시 몰라 한 번 더 초인종을 누르자 이번엔 대답이 들려왔다.

"……네—……."

"유토인데. 오늘 올 수 있어? 일단 다들 기다리는 중인데. 피곤하면 내가 못 온다고 말해둘게."

"……들어와."

몇 초가 지나 돌아온 건 입실 허가.

이유를 물으려 했으나 인터폰의 연결은 이미 끊겼다.

여자 혼자 사는 집에 들어가도 될지 고민되었지만 결국 나는 문을 열었다.

"어둡네……."

항상 전등이 켜져 있는 맨션 복도와는 대조적으로, 나기사의 집을 비추는 건 창밖에서 들어오는 조금 흐린 달빛뿐이었다.

"실례하겠습니다—……."

다행히 맨션의 집 구조는 알고 있었으므로 흐릿한 달빛만으로도 전등 스위치를 찾을 수 있었다.

"……무슨 일이야?"

거실 전등이 비춘 것은 TV 앞 탁자에 엎어진 나기사였다.

"불 켜지 말 걸 그랬나?"

"그게 나았을지도……."

그렇게 중얼거린 그녀의 목소리에선 슬픔이 느껴졌다.

나기사에게 호쿠조 유야가 어느 정도의 존재인지는 모르지만, 아마 내가 상상할 수 없을 정도로 큰 존재겠지.

어릴 적부터 그를 계속 존경해 왔던 나기사에겐 겨우 찾아온 기회였을 것이다.

그 기회를 잡지 못해 분한 마음이 얼마나 클지, 나는 미처 다 상상할 수 없었다.

"……역시 아카리한텐 못 가겠다고 전해줄래? 나, 이 모양 이 꼴이고."

기어들어 가는 목소리엔 조금 물기가 어려 있었다.

"……고개 들 수 있어?"

"왜……?"

"울고 있는 것 같아서."

"……배우는 사적으로 울지 않아. 연기할 때 눈물의 무게가 가벼워지니까. 사적으로 울면 안 돼. 그러니까 이건 그런 연기야……."

아까보다도 떨리는 목소리로 그렇게 말했다.

"그럼 연기여도 돼. 나는 9할의 연기에 속아도 괜찮으니까."

"……1할을 위해서?"

"그렇지."

"……바보."

나는 나기사의 옆에 앉았다.

"전에 말했잖아? 도와주겠다고."

별다른 대답은 들려오지 않았다.

그래도 나는 대답을 기다렸다.

"그때부터 생각했어. 시험 규칙엔 예능과 학생끼리만 팀을 짜야 한다고 적혀 있지 않았어. 화요일에 예능과 선생님한테 물어보니 괜찮다고 말씀해 주셨지."

나기사의 몸이 조금 움직였다.

"도움이 좀 필요하지 않아?"

"……아니."

떨리는 목소리에, 더욱 물기가 어렸다.

"그럼 많이 필요해?"

그렇게 말하자 나기사는 천천히 고개를 들더니 곁눈질로 내 위치를 확인하고는 허벅지 위로 쓰러졌다.

"약았어…… 약았어. 진짜 약았어……. 유토는 그런 거 못하잖아?"

허벅지 위에 있는 나기사의 머리는 제법 쓰다듬기 편한 위치였지만, 다행히 그녀가 쓰러졌을 때 아슬아슬하게 유지했던 이성으로 참았다.

"말투도 약았어. 대화 흐름을 꿰뚫어 보는 것도 약았어. 연기란 걸 알아채는 것도 약았어. 우는 여자애한테 상냥하게 다가오는 게 제일 약았어."

그녀가 내 허벅지를 때리며 불만을 표현했다.

"……내가 울면서 도와달라고 하면 유토는 어떻게 할 거야?"

말하는 본인도 내가 뭐라 대답할지를 예상하는지 조금 기대를 품은 목소리였다.

"어떻게든 해 볼게. 반드시."

"그럼…… 도와줘……."

천천히 내 팔을 잡더니 자기 머리 위로 끌어당겼다.

나는 마음속으로 정한 것을 말했다.

선생님에게도 확인했으니 규칙상 아무 문제도 없다.

나는 애초에 예능과가 아니니 심사위원의 심사를 받을

일도 없고, 어떤 평가를 받아도 상관없다.

"내가 같이 해도 될까? 시험."

나기사의 머리 위에 놓인 손바닥이 아래위로 움직였다.

"……저, 슬슬 가실까요?"

내가 나기사와 함께 시험을 나가기로 결정한 이후로 몇 분이 지났을까.

나는 아직 무릎 위에 있는 나기사의 머리 때문에 일어서지 못하는 중이다.

"아직 남한테 보여줄 얼굴이 준비되지 않았어."

"얼마나 더 걸리는데?"

"음~…… 아주 조금?"

애매한 대답에 불안함이 엄습했다.

이곳에 너무 오래 머물렀다간 다들 수상하게 생각할 게 뻔했다.

"유토. 손이 멈췄는데?"

"네에. 죄송하네요."

아까부터 내가 저지른 행동에 부끄러움이 몰려와서 일단 나기사의 머리 위에 올라간 손이라도 어떻게든 수습해 보려고 했으나, 그때마다 나기사에게 재촉당해 다시 머리를 쓰다듬을 수밖에 없었다.

……뭐야 이 공간.

너무 달달하잖아.

평소 내 방이었다면 절대 풍기지 않았을 분위기와, 여자애 집 특유의 향기.

그것들이 연출하는 분위기에 휩싸여서 나도 모르게 손이라도 잡게 될 것 같았다.

그런 생각을 하고 있는데, 내게 뒤통수만 보여주던 나기사가 자세를 바꾸더니 나와 눈을 마주치려는 듯 아래에서 올려다봤다.

거기에 부응해 눈을 마주쳤다가는 정말 오해해서 손이라도 잡게 될지도 모른다. 그랬다간 아카리에게 그 사실이 알려질 테고, 한심함 이상의 혐오가 섞인 시선을 받을 가능성이 있으므로 나는 고민한 끝에 시선을 천장에 고정하기로 했다.

아까 조명을 켜 버린 게 후회되었다.

지금 내 볼이 빨개져 있는 건 이미 다 들켰겠지.

어쩔 수 없다. 난 여자친구를 사귀어 본 적도 없고, 최근까지 대화를 나눈 여자라고는 엄마와 아카리 정도뿐이었으니까.

"왜 눈을 피하는지는 굳이 묻지 않을게."

조금 놀리는 듯한 목소리.

"그래 주면 고맙겠어……."

나기사도 내가 쑥스러워한다는 것 정도는 알아챘겠지.

"저기, 유토."

마치 꿈속처럼 온화하고 달콤한 목소리에 어쩐지 정신이 멍해졌다.

"……왜."

"우후후. 아무것도 아니야."

만일 아무 의도 없이 이렇게 말한 거라면 정말 무서운 아이다. 나는 깊게 숨을 내쉬고 마음을 가라앉힌 후 나기사를 바라봤다.

그녀의 얼굴에 떠오른 장난스러운 웃음.

드디어 눈이 마주쳐서 만족스럽다는 웃음이었다.

한번 맞은 시선은 쉽게 떨어지질 않았고, 조용한 집안엔 서로의 숨소리만이……

"유토~?! 왜 이렇게 늦어~!"

현관문이 열리는 소리와 함께 들려온 아카리의 목소리. 그 목소리를 듣고 굳고 만 나와는 반대로 바로 반응한 나기사.

정신을 차려 보니 나기사는 내 손을 치우고 자세를 바꿔 아카리를 맞이할 준비를 마친 상태였다.

참고로 눈물은 이미 멎었다.

대체 아까 그 시간은 뭐였지.

"어휴, 진짜! 뭐 하고 있는 거야!"

복도에 서서 열린 문틈 사이로 고개를 내민 아카리가 볼을 부풀리며 화냈다.

들어올 때 소리를 내지 않아서 몰랐지만, 아카리의 뒤에는 무라이도 있었다.

"미안, 미안. TV 각도가 신경 쓰여서 살짝 옮겨달라고 부탁하던 중이었어."

아까 있었던 일은 전부 거짓말이었다는 듯한 표정으로 나기사가 말했다.

배우는 대단하구나.

"아~. 그래서 아오이 군의 얼굴이 빨갛군요? 저희가 방해한 줄 알았어요."

무라이의 날카로운 지적에 심장이 뛰었지만 나도 무표정을 유지하며 일어섰다.

"아오이가 빨개지다니 웃기다."

재미없는 소꿉친구는 무시하고, 우리는 나기사의 집을 나왔다.

다시 돌아온 우리 집 거실은 이미 모임 준비를 끝마친 상태였다. 4인용 식탁뿐만 아니라 TV 앞 탁자에도 요리가 준비되어 있었다.

누가 말을 꺼내지도 않았는데도 자연스럽게 여자애 셋이 TV 앞에 앉았고, 나와 엄마는 둘이 식탁에 앉았다.

코미디언이 많이 출연하는 예능 방송을 TV로 틀어놓고 식사를 시작했다.

나기사도 출연한 방송이었다. 다들 방송용 태도를 취하는 그녀를 보며 떠들썩하게 이야기를 나눴다.

식사를 마치고 다 같이 자리를 정리한 뒤, 내 방에서 아카리와 무라이가 격투 게임을 시작했다. 그 모습을 나와 나기사가 관전하는 구도가 형성되었다.

　나는 아까 일로 체력을 전부 소진했으므로 불참. 나기사는 애초에 게임에 그리 관심이 없었다.

　소파에 앉은 두 사람.

　당연한 듯이 침대로 올라와 내 옆에 앉은 나기사.

　기분 탓인지 모르겠지만 전보다 거리가 가깝게 느껴졌다.

　아니, 확실히 그랬다. 조금이라도 손을 움직이면 손이 맞닿을 정도의 거리였다.

　나는 그걸 모르는 척하며 화면 속 상황을 설명했다.

　점점 나기사가 룰을 이해하고, 관전을 즐기기 시작했을 때쯤 나는 잠시 자리를 비웠다.

　거실로 이동하여, 소파에 앉아 TV를 보는 엄마 옆에 앉았다.

　"왜 그래?"

　"아니, 아무것도 아니야."

　제대로 된 대답이 아니었지만 엄마도 굳이 더 추궁하진 않았다.

　"나, 연극에 나가기로 했어. 호쿠조 유야가 보러 오는 날에."

　내 방에 있는 무라이와 나기사를 의식하며 아버지라는 단어는 사용하지 않았다.

　"뭐? 보러 와 달라는 소리야?"

"아니. 그냥 보고."

내가 그런 말을 하지 않으리란 걸 알면서도 엄마는 히죽거리며 물었다.

"말 안 해도 당연히 보러 갈 건데. 아들의 경사스러운 첫 무대잖아."

"보는 건 엄마 마음이지만……. 그렇게 거창한 무대는 아니야. 난 연기 초보자고, 나기사가 주목받는 게 목표거든."

"유토가 그런 걸 하기로 마음 먹은 게 처음이잖아? 유토의 성장한 모습을 볼 수 있다면 그것만으로도 만족해. 나도, 그이도."

그렇게 말하며 엄마는 내 쪽으로 손을 흔들어 귀를 가져다 대라는 제스처를 취했다.

나는 귀를 가까이하며 엄마의 말에 집중했다.

"괜찮아. 네 반쪽은 호쿠조 유야의 핏줄이니까."

명배우의 아들이 명배우가 되리라는 공식은 없다.

그렇게 생각하면서도 엄마의 말을 새겨들었다.

나는 내게 연기의 재능이 있으리라 생각하지 않는다.

하지만.

내가 나기사와 함께 무대에 서기로 결심했을 때.

내 안의 무언가가 움직인 듯한 기분이 들었다.

◆

다음 날, 토요일 아침.

평일이었다면 슬슬 일어나야 할 시간.

하지만 오늘은 휴일이므로 나는 침대에 누워 느긋한 휴일을 만끽했다.

그리고 그 시간은 오전 9시 너머까지 이어질 예정이었다.

"유토. 너 언제까지 잘 거야?"

"왜 여기 계시는 거죠⋯⋯."

쾌적한 기분으로 얕은 잠결에 빠져 있는데 나기사가 방에 들어왔다.

"뭐 어때? 집주인인 유토네 어머니가 허락해 주셨는걸."

"방 주인은 허락하지 않았는데요."

"집주인의 의견이 더 우선됩니다―."

지금 당장 돌아가달라고 할 만한 이유도 없었고, 나기사가 든 커다란 가방을 보니 아무 의미 없이 찾아온 건 아닌 듯하여 나는 침대에서 일어났다.

화장실에서 가볍게 아침 준비를 마치고, 엄마가 건네준 손님용 컵과 차를 들고 방으로 돌아왔다.

방에 돌아오니 나기사는 평소처럼 내 침대⋯⋯가 아니라, 웬일로 책상 앞에 앉아 있었다.

"뭐야? 공부라도 배우러 온 거야?"

탁상에 음료를 두고 나기사의 옆으로 다가갔다.

아카리와 소마를 통해 얻은 경험 덕분에 가르치는 건 나름대로 자신이 있었다.

"아니. 시험에 쓸 대본을 쓸까 해서. 내가 전부 써도 괜찮지만 일단 도움받는 입장이니까 유토의 의견을 무시하고 넘어갈 순 없잖아."

"그렇군."

그 말을 듣고 납득했다.

시험까지는 약 한 달이 남았다. 대본 집필 등, 지금부터 해야 할 일을 생각하면 실제 연습 시간은 상당히 짧아진다. 초보인 내가 그나마 봐 줄 만한 수준이 되기에는 솔직히 말해 너무나도 짧은 기간일 것이다.

그렇게 생각하면 나기사가 이른 아침부터 우리 집에 방문하기에 무척이나 타당한 이유였다.

"그런데 나는 연기 지식도 없고, 의견을 내라고 해도 바로 떠오르는 건 없네."

"그렇겠지. 그럼 일단……."

천장을 몇 초간 올려다보며 생각에 빠져 있던 나기사는 무언가 떠올랐는지 가방에서 꺼낸 노트 위로 펜을 놀렸다.

"이거 읽어 봐. 대략적인 설정 같은 걸 적어 봤어."

그 말과 함께 건네받은 노트로 시선을 옮겼다.

거기엔 의상이나 중세 유럽이란 시대 설정, 학교가 지정했다는 스토리의 큰 틀이 적혀 있었다.

"시대 배경이랑, 주인공이 한 나라의 왕녀와 기사여야 한다는 설정은 모든 팀 공통 사항이야. 러브스토리여야 한다는 점도 공통인데, 우린 팀원이 두 명이라 라이벌 캐릭터를 넣을 여유가 없으니까, 너무 밋밋하면 바꿔도 괜찮을 거라고 봐."

나기사의 설명을 듣고 어느 정도 개요를 파악했다.

"거기에 마을 사람처럼 상황을 진전시키는 데에 쓸 만한 캐릭터까지 맡을 여유도 없으니까……."

"그건 대본 변경으로 어떻게든 커버 되는 범위야?"

"음……. 솔직히 잘 모르겠지만 일단 지금 떠오른 방법 은 두 가지가 있어."

그렇게 말하며 나기사는 두 개의 손가락을 세우더니 가 위처럼 닫았다 열었다 했다.

"우선 첫 번째는 지금 말한 것처럼 대본을 변경하는 방 법. 두 번째는 성우과 학생한테 부탁해서 내레이션으로 상 황 설명을 부탁하는 방법."

손가락을 접으며 설명하던 나기사는 거기까지 말하고는 조금 곤란하단 표정을 지었다.

"대본은 내가 맡는다고 처도, 문제는 같이 시험에 나가 달라고 부탁할 만한 성우과 지인이 필요하단 건데……."

"……나는 아는 사람 없어."

나기사가 미약한 희망을 품고 시선을 보냈으나, 당연하 게도 나는 전혀 떠오르는 사람이 없었다.

아무래도 지인이 없는 건 나기사도 마찬가지인지, 내 말 을 듣고 작게 한숨을 쉬었다.

"이건 일단 나중으로 미뤄둘까."

"……그래."

나기사가 건넨 종이를 훑으며 시험 당일을 상상했다.

꽉 찬 관객석.

일거수일투족을 놓치지 않고 지켜보는 심사위원.

그리고 그 자리에 앉아 있을 내 친아버지.

그런 생각을 하다 보니 한 가지의 가능성이 떠올랐다.

연예계 관계자인 심사위원. 무대 위에는 나. 그리고 그 옆에는 아버지…….

내가 무대에 서는 것에만 집중하느라 이 가능성을 떠올리지 못했다.

어쩌면, 나와 호쿠조 유야의 관계가 들킬 가능성도 있지 않을까?

만일 관계자 중에 의문을 품는 사람이 나타난다면 위험하다.

"저, 나기사. 역시 부끄러우니까 눈만 가릴까? 가면 같은 거로."

얼굴 전체를 덮으면 수상해 보이겠지만, 만일 가릴 수만 있다면 눈만이라도 가리는 게 리스크를 줄일 수 있을 듯했다.

"부끄러워? 그때 우리 집에서 결심을 다진 표정을 보여 줘 놓고?"

"그건…… 분위기에 휩쓸려서……."

지금 회상해 보면 체온이 올라간다.

그건 제발 기억 속에 묻어 주길 바란다.

"음…… 눈만 가리는 거라면 베네치아 가면 같은 걸 말하는 거지? 가면무도회 느낌 나는 거."

"맞아. 그런 느낌이야."

"안 될 건 없겠지. 가면 쓴 기사도 멋있으니까. 우리 둘이 같이 가면을 쓰면 캐릭터 형성에 도움이 될지도 몰라."

의견이 긍정적으로 받아들여져서 안도의 한숨을 쉬었다.

"아, 그러고 보니 전에 촬영할 때 받은 게 있었던 것 같은데…… 이사할 때 가져왔던가?"

나기사는 그렇게 중얼거리더니 "잠깐 찾아보고 올게!"라며 빠르게 현관을 빠져나갔다.

"위험했다……"

혼잣말을 중얼거리며 침대에 풀썩 누웠다.

리스크를 지금 깨닫지 못했다면 최악의 전개로 이어질 수도 있었다.

그렇게 되면 단순히 가족 문제로만 끝나는 게 아니라, 나기사의 시험에도 지장이 갈 것이다.

부자 관계가 공표되지 않은 이상 리스크는 어디에나 존재한다.

마음속으로 그 점을 되새기며 마음을 다잡는 사이, 현관이 다시 열리는 소리가 들렸다.

"있었어. 이런 느낌이지?"

그렇게 말하며 방에 들어온 나기사의 손에는 내가 상상

했던 가면이 들려 있었다.

여우 디자인인 걸까. 하얀색 바탕에 곳곳에 빨간색이 섞여 있는 게 인상적이었다.

"서양보다는 일본풍 아니야?"

"음…… 그렇긴 해."

그렇게 말하며 나기사는 침대에서 상반신만 들어 올린 내게 다가와 눈가에 가면을 가져다 댔다.

"멋있으니까 상관없지 않을까?"

"……마음대로 해."

그렇게 말하며 천진난만하게 웃는 나기사는 여전히 경계심이 없어 보였다.

"──내레이터 찾는 일은 나한테 맡겨 줘."

귀가하려는 나기사에게 자신만만하게 그렇게 선언한 것이 약 한 시간 전.

나기사는 대본 조정에 집중하기 위해 오후가 되기 전에 집으로 돌아갔다.

나기사는 성우과 학생에게 내레이션을 맡길 생각이었던 듯하지만, 내레이션이란 대본을 어느 정도 잘 읽을 줄 안다면 그것으로 충분하다.

많은 인원이 듣고 있어도 긴장하지 않고 관객에게 상황을 전달하듯이 말할 수 있는 내레이터.

나는 그 조건에 걸맞은 사람을 알고 있었다.

처음 들었을 때부터 이벤트홀에 잘 울려 퍼진다고 생각했고, 총명한 외양을 더 돋보이게 할 정도로 맑은 목소리.

며칠 전 어쩌다 보니 교환한 연락처를 이용할 생각까지는 들었으나, 전화를 걸기 직전 화면에서 주저하기를 한 시간.

그 말인즉슨, 프로필 화면에 뜬 내 친부의 사진을 바라보기를 한 시간.

처음 연락처를 교환한 같은 반 여학생, 아이다에게 전화를 걸기에는 용기가 필요했다.

애초에 여성에게 전화를 걸어 본 기억이 없다.

엄마는 예외로 두고, 소꿉친구인 아카리에게 용건이 있을 때 굳이 전화하지 않아도 집 문을 열고 나가 몇 걸음만 가면 직접 대화가 가능했으니까.

"……좋아!"

애초에 이렇게 고민해 봤자 해결되는 건 없다. 메시지로 연락했다가 의도가 제대로 전달되지 않는다면 곤란해지고, 답장이 오지 않으면 더욱 곤란해진다.

아이다를 섭외하지 못한다면 빠르게 나기사에게도 알려 줘야 한다.

나기사 때문에 전화하는 것이라고 합리화하면서, 겨우겨우 전화를 걸기 전 최종 확인 버튼을 눌렀다. 귓가에는 곧바로 신호음이 들려오기 시작했다.

한 번…… 두 번…… 세 번…….

신호음이 이어질 때마다 자신감이 약해졌다.

지금 끊으면 잘못 걸었다고 변명할 수 있지 않을까?

급한 용건이라고는 해도 갑자기 전화하는 건 민폐인가?

그런 생각은 상대가 전화를 받는 소리와 함께 끊겼다.

『……여보세요?』

"미안. 갑자기 전화 걸어서. 지금 시간 돼?"

『딱히 다른 일정은 없어서 괜찮은데…… 무슨 일이야? 놀러 가자! 같은 거야?』

예상을 벗어난 말에 순간적으로 당황하여 말이 바로 나오지 않았다.

"……아니, 그건 아닌데……."

『아, 그래? 미안. 친구랑 통화해 본 적 없어서, 어떤 느낌인지를 몰라서 조금 긴장했어…….』

"아냐. 내가 더 미안…….."

『사과하지 마. 조금 두근거렸던 내가 부끄러워지니까.』

이 애한테도 부끄럽다는 감정이 있었구나. 남이 어떻게 생각하든 전혀 신경 쓰지 않을 것 같아 보였는데…….

『그래서, 놀자는 얘기가 아니면 무슨 일인데?』

"아, 그게……."

내가 나기사와 함께 시험에 나간다는 것. 지금 우리 팀에는 나와 나기사뿐이란 것. 대본을 고치려면 내레이터가 필요하단 것. 그 역할을 아이다에게 부탁하고 싶다는 것.

그런 내용을 전하고 대답을 기다렸다.

『그래.』

기다릴 것도 없이 대답이 바로 돌아왔다.

"어? 정말로? 꽤 특이한 형식인 데다가 나기사가 있어서 눈에 띌지도 모르는데……."

『괜찮아. 친구의 부탁이잖아. 미나세랑도 입학식 때 같이 단상에 선 사이니까.』

허무할 정도로 빠르게 승낙받았다. 부탁을 받으면 승낙하는 게 당연하다는 듯한 목소리라서 조금 놀랐다.

이 애는 친구의 부탁이라면 정말 뭐든 할 것 같았다.

『그리고 이건 관계없는 이야기인데…….』

아까와는 다르게 조금 머쓱한 목소리로 그녀가 조용히 말했다.

『호쿠조 유야의 사인도 받을 수 있을까?』

"아~…… 팬이라고 했었지."

전에 학교 현관에서 호쿠조 유야가 온다는 소식에 신나서 내게 말을 걸었던 그녀였다.

"아이다가 직접 만나서 받고 싶은 거야?"

『아니. 그게 아니라. 나는 그냥 멀리서 지켜보고 싶은 타입이라. 아오이 군이 받아 줬으면 좋겠어. 아, 어려우면 거절해도 괜찮아. 그거랑 상관없이 내레이터는 맡을게. 재밌어 보여서 해 보고 싶거든.』

일부러 내레이터까지 맡아 준 아이다에게 아무런 사례도 하지 않는 건 실례겠지.

그것으로 보답이 된다면 해 주고 싶다. 사인은 내가 부탁하면 어떻게든 되겠지.

……아마도.

"아냐. 일단 시도는 해 볼게. 나기사도 같이 일한 적 있다고 하니까 아마 받을 수 있을 거야."

『정말?!』

교실에선 언제나 쿨한 인상이던 아이다의 목소리가 평범한 여자아이처럼 밝아졌다.

스스로도 너무 흥분했다고 생각했는지 그녀는 가볍게 기침을 한 번 하고, "그럼 부탁할게"라는 말을 끝으로 도망치듯이 전화를 끊었다.

뚜— 뚜— 소리를 내며 어두워진 스마트폰 화면을 몇 초 바라보다가 침대에 풀썩 누웠다.

"……일단, 내레이터는 확보……."

후우…… 하고 한숨을 내뱉고, 나기사에게 연락하기 위해 침대에 던져 놓은 스마트폰을 집어 들자마자 어떠한 사실이 떠올랐다.

"……나기사 연락처를 모르잖아."

현관을 나서서 몇 걸음만 가면 만날 수 있으니 별다른 수고는 필요하지 않다. 나는 바로 일어나 집에서 나왔다.

"무슨 일이야? 아까 봐 놓고 또 보고 싶어졌어?"

초인종을 누르자 곧바로 나온 나기사가 장난스럽게 말했다.

"아니."

물론 나는 바로 부정했다.

"……너는 농담이란 걸 모르니? 적당히 받아칠 줄도 알아야지."

"뭘 어떻게 받으라고."

"예를 들면 '너를…… 보고 싶었어……'라고 한다거나. 그러니까 친구가 없는 거야."

"그건 받아주는 게 아니라 그냥 경박한 남자잖아. 너는 그런 녀석이 취향이야?"

"아니. 싫어해."

"그러면 왜 말한 거야……."

내가 황당하다는 얼굴로 말하자 나기사는 현관문을 활짝 열었다.

"무슨 일인진 모르겠지만 일단 들어올래?"

혼자 사는 집에 쉽게 사람을 들이는 건 너무 무방비한 게 아닌가 하는 생각이 들었다.

"아니. 그렇게 긴 얘기는 아니야. 내레이터가 정해졌다는 걸 알려주려고."

"……그게 끝?"

"끝."

"그거 말하려고 일부러 여기까지 온 거야?"

"……그러면 안 되나?"

제법 긴급한 용건이라고 생각했는데, 집까지 찾아와서

말할 얘기는 아니었나?

실례를 저질렀나 싶어 조금 불안해졌는데, 나기사의 입꼬리가 살짝 올라가더니 히죽거리기 시작했다.

"그건 결국 나를 보고 싶었던 거 아니야~? 적당한 핑곗거리 붙여서~? 스마트폰 하나면 다 되는 시대에 그냥 메시지로 보내면 됐을 텐데~?"

"아니. 네 연락처를 몰라서."

그렇게 말하자 아까까지 히죽대던 그녀의 얼굴에서 웃음기가 싹 사라졌다.

"그랬지~…… 그랬었네~……."

"없으면 불편하니까, 괜찮다면 교환할까? 연락처."

그렇게 말하자 나기사의 표정에 다시 색이 돌아왔다.

"흐음~? 그렇게까지 말한다면 어쩔 수 없지~. 알려줄게!"

이렇게 표정이 휙휙 바뀌는 녀석이었나?

신기할 정도로 얼굴에 드러나는 감정이 진짜인지 오히려 의심스러워졌다.

연락처를 교환하기 위해 스마트폰을 조작하며 나기사가 말을 이어 나갔다.

"아, 그러고 보니 내레이터는 누구야?"

"우리 반의 아이다 유메. 알고 있지?"

입학식에서 대표로 인사할 때 같이 단상에 올라갔으니 얼굴을 봤을 것이다.

아이다의 말로는 일단 대화도 했다고 한다.

"아~…… 그 조금 특이한 애."

나기사는 '이상하다'라는 말을 피하며 아이다를 표현했다.

확실히 아이다의 외양에서 느껴지는 온화하고 청초한 이미지는 대화를 하자마자 깨지긴 했다.

"그런데 그 애한테 어떻게 허락받은 거야?"

"그냥 전화했는데?"

내가 화면에 띄운 QR코드를 읽으려던 나기사의 손이 멈췄다.

"……스마트폰으로?"

"응."

"……연락처 알고 있었구나."

"아, 어쩌다 보니."

"아─. 흐음─. 그렇구나─. 나는 두 번째였구나─. 나한 테는 연락처 교환하잔 말 절대 안 해 놓고─."

그렇게 나를 디스하며 스마트폰을 조작하자, 내 연락처 목록에 '나기사'라는 문자가 추가되었다.

프로필 사진은 침대 위에 놓인 곰 인형이었다.

"자, 연락처는 됐고. 그럼 안녕."

그렇게 말하며 나기사는 문을 쾅 닫았다.

명백히 언짢아 보이던 그녀를 떠올리며, 스마트폰에 등록된 여자아이다운 연락처를 바라보자 조금 가슴이 설렜다.

그 타이밍에 방금 막 헤어진 나기사에게서 메시지가 도착했다.

〈대본 완성되면 가져갈게.〉

〈알았어.〉

적당히 곰이 경례하는 이모티콘을 붙여 답장한 후, 나는 바로 옆에 있는 우리 집으로 돌아갔다.

그날 밤, 엄청난 속도로 완성되어 배달된 대본을 읽으며 나는 소름이 돋았다.

대본의 내용에 놀란 건 아니다.

왕도를 벗어나지 않는 전개에, 여우 가면을 쓴 기사라는 특수한 설정을 살려 좋은 대본이 완성되었다. 내가 놀란 건 다른 점이었다.

내 친부, 호쿠조 유야가 출연한 방송은 전부 봤다.

엄마가 보여줘서 보게 된 게 대부분이지만, 내가 직접 찾아본 적도 많다.

그중 하나가, 아버지를 밀착 촬영한 다큐멘터리 방송.

그 방송에서 한 영화감독은 이렇게 말했다.

"호쿠조 군의 대단한 점은 애드리브 실력이죠. 어떤 대본이든 하루면 다 외우고, 머릿속에서 시뮬레이션하고, 대본을 뛰어넘는 해석을 보여 줍니다. 그게 그의 매력이라고 생각해요."

흰 수염을 쓰다듬으며 그렇게 말하던 관록 있는 영화감독을 떠올리며 나는 다시 한번 대본으로 시선을 내렸다.

대본을 덮고 머릿속으로 곱씹었다.

대본, 동세, 그때 나와 나기사가 표현해야 할 표정까지 모든 것이 선명히 떠올랐다.

나는 기억력이 매우 뛰어난 편이 아니다.

공부는 계속 반복 학습하여 머릿속에 새겨 넣을 뿐이다. 그렇게 해 왔다.

이 대본도 비슷하게 외울 생각이었다.

그런데 설마 이럴 줄이야.

"보자마자 외워지다니……."

나를 향한 놀라움과 황당한 감정이 섞인 건조한 웃음이, 조용한 실내에 울려 퍼졌다.

◆

그런 휴일을 보낸 후에 찾아온 월요일. 방과 후에 있을 연기 지도 시간까지는 평소와 같은 일상……은 아니었다.

소문에 능통한 소마는 아침 댓바람부터 당연하다는 듯이 내가 시험에 나온다는 정보를 알고 있었다. 쉬는 시간에는 굳이 진학과 교실로 찾아와 들여다보는 사람도 있을 정도였다.

어느 정도 주목받을 각오는 했고, 이제 와서 남들의 시선 때문에 그만둘 생각은 없지만, 대화해 본 적도 없는 같은 반 여학생들이 격려해 주는 건 놀라웠다.

뭐, 격려라고 해 봤자 "응원할게요……!" 정도였지만.

그렇게 평소와 다른 오전 시간을 마치고, 나는 아카리, 무라이와 함께 점심을 먹었다.

"유호, 왜 마를 안 해 둔 허야?!"

아카리가 빵을 햄스터처럼 입안 가득 넣고 불만스러운 눈으로 뭔가를 호소했다.

"일단 다 먹고 말해……."

"우물우물…… 그러니까! 왜 나한테는 미리 말을 안 해 줬냐구!"

열심히 입안을 비운 후 큰 목소리로 불만을 주장하는 아카리.

싸우는 것으로 오해받아 시선이 모일 줄 알았는데, 아카리의 목소리는 점심시간의 떠들썩한 학생들 목소리에 묻힐 뿐이었다.

"나기사가 말해줄 줄 알았어."

"정말—! 제대로 확인 못 해? 이런 건 소꿉친구한테 가장 먼저 보고해야지!"

"그건 대체 어디 있는 규칙이야. 어차피 오차는 이틀뿐이었잖아."

"좀 더 빨리 알고 싶었다구! 이런 것도 이해 못 하면 어떡해!"

하고 싶은 말을 전부 했는지 아카리는 콧바람을 내뿜으며 다시 빵을 크게 물었다.

불만에 가득 찬 아카리를 달래던 무라이도 비슷하게 조금 불만이 담긴 시선을 내게 보냈다.

"아카리 정도로 투덜거리진 않겠지만, 저도 좀 더 빨리 알고 싶었어요……. 전에 아오이 군 집에서 대화해 보고 나기사 씨도 역시 좋은 사람이란 걸 알게 되었잖아요. 그래서 좀 더 빨리 알고 안심하고 싶었다고요……."

……확실히. 저번 주부터 나기사의 시험 멤버를 신경 쓰던 무라이에게는 빨리 알려주는 편이 좋았겠네.

무라이가 불안해했다는 사실은 나기사도 몰랐을 것이다. 어쩌면 무라이는 주말에도 계속 그녀가 신경 쓰여서 편히 쉬지 못했을지도 모른다.

"미안. 듣고 보니 바로 알려주는 편이 좋았겠네."

"어휴! 이제라도 알면 됐어!"

지금은 무라이를 향한 사과였는데, 어째서인지 옆에 있던 나의 소꿉친구에게 용서받았다.

뭐, 무라이도 이해한 듯하니 굳이 아카리의 말을 부정할 생각은 없지만.

"그보다 아오이 군. 아침부터 엄청 화제였어요."

"전부터 다들 궁금해하던 미나세 나기사의 시험 상대가 이름도 들어본 적 없는 진학과 학생이라면 아무래도 궁금해지긴 하겠지."

"그런데, 유토. 무슨 일 있었어?"

우물거리던 아카리가 다시 입안을 비우고 의아함이 담

긴 눈으로 나를 올려다봤다.

"평소, 라고 해야 하나. 지금까지의 유토였으면 절대 이런 건 안 했을 거잖아?"

확실히, 예전의 나였다면 같이 시험에 나간다는 선택지는 절대 고르지 않았을지도 모른다.

하지만 그 이유를 묻는 질문에는 명확한 대답을 돌려줄 수 없었다.

"흠, 나도 좀 변한 게 아닐까?"

"그렇군. 어른이 된 거구나."

"어른이 된 거지."

예전의 내가 하지 않았을 행동을 하는 건 성장이라고도 볼 수 있었다.

"그런데 시험이 제대로 성공해 버리면 좀 그렇겠다—."

"왜?"

성공하지 않으면 내가 제대로 못해서 수치심만 얻는 결과뿐이다.

"유토의 인기가 많아지면, 인기 없다고 더 놀릴 수가 없잖아."

"시험 하나로 인기가 많아질 리도 없고, 애초에 그런 거로 놀리질 말라고. 실은 꽤 아프니까."

"으음~? 혹시 모르잖아. 의외로 팬이 엄청 생겨날지도?"

"그럴 리가……."

부정하는 말을 꺼내려 했으나, 오늘 아침에 내게 말 걸어준 반 아이들의 얼굴이 떠올랐다.

"아니, 의외로 그럴지도 모르겠네. 오늘 아침에도 반 애들이 응원해 줬어."

"응? 여자애였어?"

그걸 긍정하며 고개를 끄덕이자, 아카리는 옆에서 조용히 식사하던 무라이와 내게 들리지 않을 작은 목소리로 속닥대기 시작했다.

무라이와의 대화를 마치고, 아카리는 마치 회의실에 앉은 임원처럼 팔꿈치를 테이블에 올리고 손을 꼬고는 심각한 표정을 지었다.

"유토. 그건 아마 가짜 팬일 거야."

"……뭐?"

"아마 그 애는 전부터 유토를 눈여겨봤을걸. 그래서 이번 일을 핑계 삼아서 용기를 내 말을 건 거지……."

"뭐야. 애초에 날 눈여겨볼 이유가 없잖아."

소꿉친구는 또 진지한 표정으로 터무니없는 소리를 하기 시작했다.

"아니, 있어. 성격은 어두워도 얼굴만큼은 괜찮으니까."

"……내 입으로 말하긴 좀 그렇지만, 성격 부분이 치명적이라고 생각하는데."

"뭐, 이 세상에는 유토 같은 성격을 신비롭고 매력적이라고 여기는 사람도 있지."

"그래……."

평소처럼 이상한 소꿉친구의 이야기를 반쯤 해탈한 마음으로 흘려들었다.

"잘됐네, 유토. 여자친구 사귈 수 있겠어."

"여자친구는 필요 없고. 애초에 오해라고."

"한번 직접 물어봐. 만일 오해였으면 유토는 바로 팬 한 명을 잃게 될 테지만."

"넌 정말……."

아무래도 이 녀석의 머릿속에는 나를 놀릴 생각뿐인 듯하다.

점심 식사를 마친 후, 아카리와 무라이의 교실 앞까지 같이 이동하여 그 앞에서 헤어지는 게 평소의 루틴이었다.

그 루틴에 따라 교실 앞에서 인사하고 헤어지려는데, 교실로 돌아가기 위해 발걸음을 돌린 내 교복 소매를 아카리가 잡아당겼다. 그녀는 주변 눈치를 보며 내게만 들릴 정도로 목소리를 낮춰 물었다.

"아깐 히나타 앞이라서 못 물어봤는데, 정말 괜찮아? 호쿠조 유야 앞에 서는 거잖아."

"알아. 엄마한테도 얘기는 해 뒀고, 왠지 그 편이 나을 거라고 생각했어. 한 번도 만나 본 적 없는 아버지랑 연기를 통해 소통하는 것도 나쁘지 않을 것 같아서."

아버지도 내가 생각했던 만큼 나쁜 사람이 아닌 듯하고.

"그렇구나. 유토가 그렇다면 믿을게. ……하지만."

아카리가 조금 까치발을 하고 내 머리 위에 손을 얹으며

수줍은 듯이 웃었다.

"무슨 일 있으면 이 누나한테 꼭 말해!"

그렇게 말하는 귀여운 소꿉친구를 보니 나도 모르게 웃음이 흘러나왔다. 나도 아카리의 머리 위에 손을 올리고 머리카락이 흐트러지지 않을 정도로 머리를 쓰다듬었다.

"생일은 내가 더 빠르다니까."

"아하!"

평소와 같은 흐름에 아카리가 "에헤헤" 하며 웃었다.

몇 초가 지나기도 전에 우리는 손을 떨어트렸다. 아카리는 만족스러운 얼굴로 다시 교실 방향으로 몸을 돌렸다.

"상냥하네, 아카리."

교실 안으로 들어가는 아카리의 등에 대고 말을 건넸다.

"소꿉친구니까!"

그렇게 말하며 아이돌처럼 반짝이는 웃음을 보여 준 아카리를 배웅하고, 교실로 돌아온 나는 오후 수업을 들으며 방과 후를 기다렸다.

"자…… 일단 어느 정도 심각할 건 각오 하고 왔으니까 안심해. 연기는 한 번도 해 본 적 없지?"

"없어. 전혀."

시간이 지나 저녁 식사를 마친 후. 우리는 나기사의 집에서 모였다.

처음엔 우리 집에서 연습할 예정이었으나, 시작하기도 전에 응원봉을 들고 내 방에서 대기하던 엄마를 마주한 우리는 바로 나기사의 집으로 연습 장소를 변경했다.

　"일단 관객이 많다는 전제로, 그 모든 관객에게 전달될 연기를 해야 해. 드라마랑 다르게 카메라를 의식해야 하는 건 아니니까 많이 어렵지는 않을 거야. ……일단 움직임을 크게 하는 것만 의식해서 해 보자."

　나기사는 초보인 내게 지시를 내리며 삼각대 위에 스마트폰을 세팅했다.

　"동영상으로 찍어?"

　"응. 영상을 보면서 가르쳐줄 수 있기도 하고……."

　나기사가 촬영 시작 버튼을 누르며 장난스럽게 웃었다.

　"우선 자기 연기가 얼마나 비참한지를 알아야지……. 그렇지?"

　"……상냥하게 부탁드립니다."

　내 연기를 보며 놀릴 나기사를 상상하자 자연스럽게 얼굴이 굳었다.

　그런 나를 보고 만족스럽게 웃은 나기사는 내 옆으로 다가와 등을 가볍게 두드렸다.

　"그렇게 불안한 표정 짓지 마. 다들 처음엔 거의 대본 낭독 수준으로밖에 못 하니까 안심해!"

　"나기사도 그랬어?"

　"나는 처음부터 센스가 있었지."

"역시 현역으로 활약하는 배우는 재능이 다르네."

"좀 더 칭찬해 봐."

가슴을 펴고 뿌듯한 표정을 짓는 그녀에게 쓰게 웃어 보인 후, 우리는 카메라를 의식하며 각자 자리에 섰다.

나기사의 첫 대사를 신호 삼아 우리는 대본을 따라 움직이기 시작했다.

"──음. 일반적인 초보 느낌이네. 절망스러울 정도로 센스가 없으면 어떻게 하나 고민했는데 그 정도는 아닌 것 같아. 시험 당일까지 열심히 연습하면 남들에게 보여줄 정도로는 나아지지 않을까?"

대본의 처음부터 끝까지 한 차례 연습을 마치고, 나기사는 감상을 말하며 촬영 중지 버튼을 눌렀다.

크게 소리 내고, 발을 움직이고, 팔을 돌리며 시선을 움직인다. 머릿속으론 잘 상상되었던 것들인데, 실제로 해 보니 역시 느낌이 달랐다.

게다가 나기사의 뛰어난 연기력에 계속 압도되어 있었다. 화면 너머로 보는 게 아닌, 실제 연기.

"너, 진짜 대단하네."

"그렇지~."

흐흥, 하며 콧소리를 내는 그녀에게선 아까 연기할 때 느껴지던 박력이 사라진 상태였다.

정말로 다른 사람으로 바뀐 것 같았다.

"바로 이것저것 조언해 줘도 좋겠지만, 모처럼이니까 찍은 영상을 보면서 할까?"

나기사가 삼각대에서 스마트폰을 빼내 TV 앞 소파로 이동했다.

"자, 거기 있으면 못 보잖아. 이쪽으로 와."

그렇게 말하며 나기사는 제 옆자리를 손으로 팡팡 두드렸다.

그녀의 재촉에 따라 앉았으나, 스마트폰 한 대의 화면을 공유하려니 상당히 거리가 가까웠다. 하루를 마무리할 늦은 시간인데도 향수가 아닌 비누의 상냥한 향기가 풍겨와 비강을 간지럽혔다.

"저기요. 제대로 보고 있어?"

그 말에 의식이 후각에서 벗어났다.

"……보고 있어."

집중은 안 하고 있었지만.

"혹시 손이라도 잡고 싶었던 거야? 전에 있었던 일을 떠올리고 있었나거나?"

그렇게 말하며 씨익 웃는 얼굴로 올려다보는 나기사를 보자 자연스럽게 체온이 올라가려 했다.

"됐으니까 빨리 재생해 줘……."

"네, 네."

어떻게든 들키지 않기 위해 억지로 화제를 돌렸으나, 여전히 나기사의 얼굴에 히죽거리는 웃음이 남아 있는 것을 보니 아마 전부 들킨 듯했다.

조금 재생되었던 동영상을 다시 처음으로 돌린 후, 우리는 화면에 집중했다.

"……잘하네."

나도 모르게 목소리가 흘러나올 정도로 나기사의 연기는 시선을 끌어당겼다. 연기를 연기자로서 옆에서 보는 것과, 객관적인 시점으로 보는 건 또 달랐다.

그리고 영상을 통해 객관적인 시점으로 보니 알 수 있었다.

나기사는 상당히 내게 맞춰 주고 있었다.

대사를 주고받는 장면에선 조금 빨랐던 내 템포를 조절해 줬고, 조금 어색한 위치도 놀라울 정도로 자연스럽게 수정해 줬다.

그리고 알게 된 것이 또 하나.

전혀 달랐다.

내가 상상했던 이미지와, 내가 실제로 보인 움직임은 전혀 달랐다.

애초에 나는 관객의 시선을 의식하지 못했다.

내가 어떻게 보일지를 내 시점으로만 생각했다.

남이 보면 이렇게 보일 것이다. 그런 걸 의식하며 머릿속으로 그 차이를 수정했다.

내 연기는 호쿠조 유야를 이미지로 삼았다. 어렸을 때부터 봐 왔던 아버지의 모습.

성격, 음식 취향, 강아지와 고양이 중 무엇을 좋아하는지 등.

아버지와 자식이 할 법한 그런 소통을 못 한 대신, 나와 아버지 사이에는 일방통행인 연기가 있었다.

……좋아. 할 수 있어.

"다시 한번 해 볼 수 있을까?"

웃으며 고개를 끄덕인 나기사는 다시 스마트폰을 삼각대에 세팅했다.

의식해야 하는 건 내 시점뿐만이 아니다.

관객의 시선을 의식해야 한다.

아버지가 짓는 표정, 시선의 움직임. 질릴 정도로 봐 왔던 그 습관을 흉내 내는 것뿐이다.

──대본대로 끝까지 연기를 마친 후, 나는 크게 숨을 내뱉었다.

상상도 하지 못했다. 의외로 남에게 보여줄 것을 의식하며 집중하는 건 체력 소모가 심하구나.

뭐, 내 경우엔 그냥 운동 부족이 원인일지도 모르겠지만.

책상 위에 놓인 생수병을 들어 물을 냅다 목구멍에 흘려 넣었다. 나기사는 시야 구석에서 나를 빤히 바라보고 있었다.

"왜 그래? 촬영 안 멈춰도 돼?"

아까처럼 스마트폰의 촬영 중지 버튼을 누르러 가는 기색이 없었다.

"너…… 아까 뭐 한 거야? 동영상 보는 사이에."

"신경 쓰이는 부분을 바꿔 봤는데…… 왜?"

떨리는 목소리로 그렇게 말한 나기사의 눈은, 마치 믿기지 않는 것을 본 듯했다.

"……아마 이런 느낌이겠구나. 재능 있는 원석을 발견한 프로듀서는."

나기사는 작게 웃음소리를 내뱉고 진심으로 기대된다는 듯한 표정을 지었다.

"연예계에 있다 보면 다양한 재능을 볼 수 있거든. 연기도 그렇고, 개그도 그렇고, 예술이나 학문에도 정말 다양한 재능이 있어."

이쯤 되니 나도 눈치챘다.

나는 아마도 나기사의 안에 있는 무언가를 자극하고 만 것이다.

자극해선 안 될 무언가를.

"그런데 처음이야. 소름이 돋을 정도의 재능을 마주한 건……."

예능 방송이나 드라마에서 볼 법한 연예인의 얼굴이 아니다. 진심으로 실력 향상을 갈구하는 연기자의 얼굴.

"다시 한번, 처음부터 해 보자."

연습에 불이 붙은 나기사로부터 해방되어 내가 집으로 돌아온 것은 두 시간 후의 일이었다…….

5장 •• 거리감은 착각할 정도가 딱 좋다

그 후 며칠간은 매일 방과 후에 시험을 위한 연습을 이어 나갔다. 하지만 일요일인 오늘은 나기사의 스케줄로 인해 연습이 없었다. 오후 10시가 지나서야 귀가할 예정이라고 한다. 현역 배우도 참 고생이었다.

마치 남 일처럼 말하지만…… 실제로도 남 일이 맞지. 그런 생각을 하며 저녁 식사를 마친 후, 오랜만에 아무 일정 없는 혼자만의 시간을 만끽했다.

평소였다면 독서를 했겠지만, 오늘은 어쩐지 아버지가 나오는 영화가 보고 싶어졌다.

"역시 대단해……."

시험 때문에 연기를 진지하게 생각해 보기 전부터 표정이나 몸의 움직임을 주시하며 시청해 왔다고 생각했는데, 최근 나기사의 지도를 받고 또 한번 시점이 바뀐 기분이었다.

표정이나 시선의 버릇은 흉내 낼 수 있다. 하지만 아버지가 긴 배우 인생을 지내며 습득한, 카메라를 의식하여 자기를 보여주는 방법은 역시 하루아침에 흉내 낼 수 없었다.

결코 짧다고 할 수 없는 영화 한 편을 통째로 집중하여 시청한 후, 밤 12시에 가까워지는 시계를 보고 잘 준비를 시작했다.

"그 장면에서 침묵한 건 원래 대본에 적혀 있던 건가……?"

혼잣말을 중얼거리며 세면대로 향했다.

"키스신 직전에 눈을 피한 건 일부러였을까……?"

잘 준비를 마치고 침대에 누운 후에도, 한번 들기 시작한 생각은 좀처럼 멈추지 않았다.

내가 위화감을 느낀 연출이 모두 대본에 적혀 있지 않은, 아버지의 애드리브였다면 평생을 걸쳐도 그 수준엔 도달할 수 있을 것 같지 않았다. 하지만 애드리브인지 아닌지를 확인할 방법은 본인에게 물어보는 것뿐이다.

생각을 멈추고 침대에 체중을 실으며 눈을 감았다.

"……잠이 안 와."

애초에 사고의 흐름이란 게 그렇게 쉽게 끊어낼 수 있는 것이라면, 이 세상의 불면증 환자는 반으로 줄어들었겠지.

지금 당장 잠드는 것은 포기하고, 손만 움직여 침대 옆에 있는 스탠드의 전원을 켰다.

너무 밝지도, 어둡지도 않은 빛을 받으며 침대에서 일어나 근처에 놓아둔 시험용 대본을 펼쳐 읽기 시작했다.

어느 정도 읽어나갔을 때, 머리맡에 놓아둔 스마트폰이 작게 진동했다.

〈지금 자?〉

나기사가 보낸 짧은 메시지가 화면에 표시되었다.

〈잠이 안 와서 대본 읽는 중.〉

〈안 빼먹고 연습하다니 기특하네.〉

〈일단 오늘은 쉬어도 되는 날이었잖아?〉

〈나는 학생의 의욕을 중시하는 타입이거든.〉

〈그렇군.〉

대본을 원래 위치로 돌려놓고 스마트폰을 든 채 침대에 누웠다.

〈집엔 들어갔어?〉

〈들어왔지.〉

〈잘 준비도 했고, 자기 전에 너는 어쩌고 있는지 확인해 줄까 하는 생각이 들어서.〉

〈그것참 고맙네.〉

〈자기 전에 작전 회의라도 할래? 내일은 처음으로 레슨 룸에서 연습하게 될 테니까.〉

이치요 고등학교가 예능과 등의 학생들을 위해 마련한 레슨 룸.

평소엔 댄스 레슨 등에 사용되지만, 신청만 하면 학생들끼리도 방과 후에 사용힐 수 있다.

시험을 준비하는 다른 학생들로 예약이 상당히 많이 차 있어서 우리는 제법 긴 시간을 기다린 후에야 사용할 수 있었다.

아이다의 일정도 확인했고, 내일 처음으로 셋이 그곳에 모여 연습하게 된다.

〈작전 회의도 좋은데, 전화로 할래?〉

키보드를 눌러 메시지 문구를 작성하기가 슬슬 피곤해

졌다.

아카리가 평소에 엄청난 속도로 타이핑하며 메시지로 대화를 나누는 모습을 보면 같은 인간인가 하는 의문이 든다.

〈뭐야? 자연스럽게 플러팅하네? 자기 전 통화가 하고 싶어?〉

〈자기 전 통화가 뭔데?〉

익숙하지 않은 단어의 등장에 생겨난 의문을 해소하고자 물어보니, 황당하다는 듯이 가자미눈을 뜬 토끼 이모티콘이 돌아왔다.

〈커플이 잠들 때까지 계속 통화하는 그런 거.〉

〈그럴 의도는 없었어.〉

텍스트만 보일 뿐 표정은 볼 수 없어서 무슨 생각을 하는지는 모르겠지만, 실제로 눈앞에 있었다면 분명 "그런 것도 모른다니 진짜 연애엔 약하구나?"라며 히죽거리며 놀렸을 것이다.

〈안타깝지만 사귀지도 않는 남자랑 그런 걸 할 생각은 없답니다.〉

자기 전 통화라는 것을 요청할 생각도 없었는데, 정중한 문장과 함께 토끼가 깊이 머리를 숙이는 이모티콘이 도착했다.

〈그냥 말로 하는 게 소통이 빠를 것 같다고 생각한 것뿐이야.〉

〈응?〉

〈목소리를 듣고 싶었단 거야?〉

〈이상하게 표현하지 마.〉

〈원활한 소통을 위해서라고.〉

〈어휴.〉

〈이쩔 수 없지.〉

그 후에 스마트폰을 울린 건 통화 알림……이 아니라 보이스 메시지.

통화는 안 하겠다는 고집이 느껴졌다. 나는 도착한 메시지의 재생 버튼을 눌렀다.

『……야호~.』

짧은 말.

하지만 얼굴 바로 앞의 스마트폰에서 흘러나오는 목소리는 평소 듣던 목소리와는 뭔가 달랐다.

『……듣고 있어? 재생하는 방법은 알아?』

곧바로 짧은 메시지가 이어졌다.

"듣고 있어."

왠지 스마트폰을 향해 말하는 게 부끄러워져서 메시지 앞에 몇 초의 공백이 생겨났다.

『……목소리 들어서 기쁘지? 감사 인사는?』

"무슨 인사까지……. 그래 고맙다……."

상대도 자기 전이어서일까.

어쩐지 평소보다 부드럽게 느껴지는 목소리에, 나는 저항하지 못하고 솔직하게 감사의 말을 꺼내고 말았다.

"그래서, 작전 회의는 안 할 거야?"

『작전 회의…… 아! 유토가 어느 정도 연기할 수 있다는 걸 알았으니까 키스신이라도 넣을까? 표현의 폭을 넓혀서!』

문자가 아니라 보이스 메시지라서 목소리로 알 수 있었다. 나기사는 확실히 나를 놀리고 있다.

"안 돼. 그보다 시험에서 키스는 안 하는 게 보통이잖아."

『뭐, 그렇게 말할 줄 알았어. 그래도 다른 팀은 그런 장면 꽤 넣는다고 들었어. 드라마에 출연하면 키스신은 기본 중의 기본이고.』

아카리와 엄마, 아버지가 보는 앞에서 나기사와 키스하는 장면을 상상해 봤다.

……이건 안 돼.

"……참아 주세요."

『아~ 지금 상상했지? 그래서 부끄러워하는 거지~?』

머릿속에 나기사의 히죽거리는 얼굴이 떠올랐다.

"좀 더 진지하게 얘기하자고…….."

결국 이 보이스 메시지 대화는 내 의식이 중간에 끊김으로써 막을 내렸다.

◆ ◆ ◆

"야~."

아까처럼 보이스 메시지를 보냈다.

잠들었나. 유토.

"잠들었어~?"

다시 한번 보내도 읽음 표시가 뜨지 않았다.

대답을 기다리는 건 그만두고 베개 옆에 스마트폰을 던졌다.

그리고 베개에 얼굴을 묻고 버둥거렸다.

"아~!! 자기 전 통화랑 이거랑 뭐가 달라!! 나, 뭐 하는 거야?!"

후회해도 소용없는 사실을 베개에 대고 외쳤다.

……하지만 스마트폰에서 흘러나오는 목소리. 왠지 좋았지…….

던졌던 스마트폰을 다시 주워 들고 귓가에 가져다 댄 후, 화면을 터치했다.

『듣고 있어.』

『……좀 봐주세요.』

『좀 더 진지하게 얘기하지고…….』

"~~~!!!"

평소와는 너무나도 다른 거리감에 다시 한번 버둥거렸다.

"뭐 하는 거야…… 나…….."

이건 딱히 연애 감정이 아니다.

단순한 우정.

사춘기가 한창인 내가 친해진 이성을 가지고 그냥 멋대로 노는 것뿐.

하지만, 내가 유토에게 연애 감정을 품은 건 아니라도 유토가 나를 어떻게 생각하는지는 궁금하다.

……제대로 친구로 생각해 주는지 궁금하다는 뜻이다.

무의미한 변명을 마음속으로 중얼거린 나는 별생각 없이 보이스 메시지 녹음 버튼을 눌렀다.

"……저기. ……나를 어떻게 생각해……?"

입에서 나온 본심을 전파에 실었다. 몇 분을 기다려도 읽음 표시는 뜨지 않는다.

"……자자."

◆ ◆ ◆

"좋은 아침! 유토!"

"좋은 아침."

다음 날, 평소처럼 엘리베이터 앞에서 아카리와 합류했다.

어젯밤은 결국 1시까지 나기사와 대화를 이어 나갔던지라 조금 수면 부족 상태다.

진심으로 쇼트 슬리퍼라는 사람들이 부러워졌다.

"좋은 아침~ 아카리."

"나기사! 오늘은 아침에 학교 가?"

"응."

엘리베이터를 기다리고 있자 타이밍 좋게 나기사가 집에서 나왔다.

내가 마지막 메시지를 보낸 후에도 나기사에게서 메시지가 몇 건 도착했던 것을 생각해 보면 나기사는 나보다 늦게까지 깨어 있었을 텐데, 전혀 피곤해 보이지 않았다.

"유토도. 좋은 아침."

"좋은 아침."

마침 도착한 엘리베이터에 타면서 궁금했던 걸 떠올렸다.

"나기사. 그러고 보니 어젯밤에 마지막 메시지가 전송 취소됐던데, 뭘 지운 거야?"

내가 잠든 후, 나기사가 보낸 몇 건의 메시지 중 마지막 메시지만이 전송 취소되어 있었다.

"응? 딱히 아무것도 아니니까 신경 안 써도 돼. 잘못 보냈어."

그렇게 말하며 내 눈을 피한다. 의도적으로.

궁금증은 여전히 남아 있었지만, 추궁할 만한 일도 아니다. 그 위화감은 바로 흩어졌고, 우리 셋의 화제는 다른 것으로 옮겨갔다.

"그러고 보니 유토. 오늘 방과 후 일정은 안 잊었겠지?"

"알아. 연습동 4층이지?"

오늘은 사전에 예약한 레슨 룸을 사용하는 날이다.

"으응? 뭐야, 뭐야? 고백 같은 거 하려고?"

아카리는 무슨 일인지 궁금해하면서도, 나를 놀리려는 속셈이 투명하게 보이는 시선을 보냈다.

"만일 그런 거였으면 아카리가 없을 때 얘기했겠지. 시험 연습 얘기야."

"뭐어? 오늘 해? 보러 가도 돼?"

"안 돼."

이 녀석이 보러 오면 십중팔구 제대로 연습하지 못하게 방해할 것이다.

"뭐야~! 유토 쪼잔해! 됐어! 나기사한테 허락받으면 되거든~. 그렇지? 나기사."

"음. 나도 허락은 안 해줄 건데."

"나기사도 그럴 거야~?"

애초에 몇 주만 기다리면 더 완성도 높아진 상태로 볼 수 있을 텐데, 이렇게 떼를 쓰는 것도 굉장했다.

"동영상 찍어둘 테니까 그걸로 참아 줘."

"오! 그럼 유토네 집에서 감상회 하자!"

"그렇게 해, 그럼……."

자신이 납득할 만한 제안이 나오자 태도를 확 바꾼다. 정말 에너지 넘치는 녀석이다.

뭐, 그게 장점이라고 생각하지만.

◆

"그럼 오늘 잘 부탁해. 아이다."

"응, 잘 부탁해. 미나세."

그렇게 말하며 아이다는 오른손을 쓱 내밀었다. 악수하

자는 뜻이겠지.

요즘 시대에 인사 대신 악수를 청하는 건 외국이나 비즈니스 미팅 등에서나 보지, 친구 관계에선 좀처럼 보기 힘들다고 생각하는데.

여전히 독특한 거리감을 지닌 사람이었다.

악수하며 서로를 바라보는 의미 모를 몇 초가 지난 후, 내 쪽으로 슬쩍 다가온 나기사가 아이다에게는 들리지 않을 볼륨으로 내게 말했다.

"역시 신기한 사람이라니까……. 아카리랑 같은 타입이야."

지금도 TV나 인터넷에서 봤을 "간장 공장 공장장……" 이란 발음 연습을 하는 걸 보니, 이상하긴 해도 착실하고 좋은 사람이란 점은 전해져 왔다.

"일단 직접 해 볼까? 바로 시작해도 돼? 아이다."

"응. 언제든지."

나는 댄스 레슨 학생용으로 준비된 삼각대를 빌려, 전체 구도가 촬영되도록 스마트폰을 세팅했다.

"그럼 시작하자."

각자 위치에 선 것을 확인한 후, 나기사가 손가락을 튕기는 것을 신호로 연습이 시작되었다.

"──꽤 괜찮지 않아?"

제법 잘했다는 느낌이 들었다. 나는 조금 흐트러진 호흡을 가다듬으며 두 사람에게 시선을 보내 감상을 요구했다.

"으음, 난 연기는 모르지만, 아오이 군의 연기는 느낌이 좋았어. 미나세에게 전혀 묻히지 않아."

지금 내겐 가장 기쁜 말이었기에 입꼬리가 조금 느슨해졌다.

"아냐. 처음인데 우리한테 완벽히 맞춰 준 아이다 덕분이지."

"나는 두 사람에 비하면 쉬운 역할이잖아. 그러니까 이 정도는 해야지."

어느 소꿉친구는 칭찬받으면 바로 우쭐해지던데, 겸허한 태도를 유지하는 아이다에게 호감이 느껴졌다.

집에서도 착실히 연습해 온 듯했다. 말도 더듬지 않고, 장면에 맞춰 목소리가 조금씩 바뀌어서 현장감도 느껴졌다.

마이크 없이도 또렷하게 레슨 룸에 울려 퍼지던 아이다의 투명한 목소리. 역시 그녀에게 내레이터 역할을 부탁한 건 정답이었단 확신이 들었다.

"이 정도면…… 분명 유야 씨에게……."

나기사도 지금 연습이 괜찮게 느껴진 걸까.

옆에 있는 나기사는 앞으로가 기대된다는 듯 흥분한 모습이었다.

"아오이 군. 촬영 안 멈춰도 돼?"

아이다가 삼각대를 가리키는 것을 보고, 아직 내 스마트폰으로 동영상을 촬영 중이었단 사실이 생각났다.

녹화를 정지하고 정면을 바라보자 수상하단 눈길을 보내는 아이다와 눈이 마주쳤다.

"이건 내 직감…… 같은 건데, 아오이 군의 연기 말이야. 호쿠조 씨랑 비슷한 것 같지 않아? 참고라도 한 거야?"

갑자기 나온 아버지의 이름에 심장이 잠깐 뛰었으나, 표정에 드러나지 않도록 의식하며 아무렇지 않게 대답했다.

"참고하긴 했어. 드라마 같은 거 많이 봤거든. 호쿠조 유야가 나오는 거."

"퀄리티가 꽤 높았어……. 아오이 군은 얼굴도 닮아서, 마치 본인을 보는 느낌이라 두근거리더라."

차분한 얼굴이었는데 두근거리고 있었구나……라는 생각을 할 때가 아니지. 처음으로 엄마와 아카리 말고 다른 사람에게 닮았다는 이야기를 들었다. 다시 한번 심장이 크게 뛰었다.

"그래? 연기를 참고한 건 느껴졌는데, 얼굴은 유야 씨가 더 어른스러운 스타일 아니야? 유토는 다른 타입이라고 생각하는데……."

조금 전까지 대본을 읽던 나기사가 대화에 끼어들어 부정했다. 뭐라고 대답할지 고민하던 참이라, 대신 부정해 줘서 솔직히 고마웠다.

"아이돌처럼 활동하던 시절의 호쿠조 씨를 말하는 거야. 우리가 태어날 때쯤이니까…… 25살도 되기 전이었던가?"

"오…… 꽤 잘 아는구나?"

조금 말이 빨라진 아이다에게 진심으로 감탄한 듯한 나기사는 대화 내용에 흥미를 보이며 맞장구를 쳤다.

"뭐, 그렇지. 나는 자칭 세상에서 제일가는 팬이거든. 이 것 봐. 이 눈매라든가……."

칭찬받아서 기분이 좋아졌는지 아이다는 내 퍼스널 스페이스의 벽을 단숨에 뚫고 숨이 닿을 정도로 가깝게 다가왔다.

"잠깐, 너무 가깝지 않아? 아이다."

지금까지 적절한 거리로 대화하던 아이다가 갑자기 거리감을 무시하는 것을 보고 당황했는지, 나기사가 놀란 목소리로 말했다.

"……응. 가까이서 보니까 더 닮았어……. 시야가 환해지는 것 같아."

더욱 거리를 좁혀 오는 아이다. 평소였다면 곧바로 거리를 벌렸을 텐데, '닮았다'라는 말에 집중을 완전히 빼앗기는 바람에 몸이 움직이지 않았다.

적당히 웃어넘겨야 할 상황인가…….

어떻게 대처할지 고민하는 사이 시간은 지나갔고, 급격히 빨라진 심장 박동 탓에 체온이 올라갔다.

"~~!!"

점점 차분함을 잃어가던 사고는, 다리에 갑자기 전해져 온 고통에 의해 강제적으로 정지되었다.

"왜 얼굴 붉히는 거야! 기분 나빠!"

다리에 통증을 가한 범인, 나기사가 팔짱을 끼고 바닥에 쓰러진 나를 내려다봤다. 정강이를 힘껏 걷어찬 듯했다.

"미리 말해 두겠는데, 그런 행동에 일일이 오해하면 나중에 험한 꼴 볼걸!"

험한 꼴은 지금 당한 참이다.

"연습하자!"

"그래……."

갑자기 불쾌함을 드러낸 나기사를 보고 당황했지만, 아이다도 대본을 들고 준비를 시작했다.

"자! 유토도 빨리 준비해!"

강제적으로 겨우 바뀐 화제에 가슴을 쓸어내리며, 나는 기분이 안 좋아 보이는 나기사를 더 자극하지 않도록 서둘러 준비를 시작했다. 그 후엔 아이다에게 더 추궁당하지 않고 무사히 연습을 마칠 수 있었다.

"야호! 실례하겠습니다!"

귀가 후, 오후 8시가 조금 지난 시각. 아카리가 초인종을 누르지 않고 현관문을 열어 내 방에 들어왔다.

"초인종이라도 좀 누르라고……."

"으응~? 유토네 집이니까 괜찮잖아. 초인종 눌러도 아마 유토는 귀찮은 목소리로 '들어와~'라고 할 거잖아?"

나를 따라 하려는 건지 목소리를 낮춰 말했지만, 여자치고도 목소리가 높은 편인 아카리가 목소리를 조금 낮춰봤자 그대로 여자아이 목소리였다.

"게다가 내가 안 누를 줄 알고 문 열어둔 거 아니야?"

"너 때문에 우리 집 보안이 위험하다고."

"그럼 문 잠가 둬도 돼."

"네가 문고리 잡고 철컥거리거나 내 이름 크게 부르는 걸 그만두면. 이웃에 민폐라고."

"밤에 올 땐 크게 안 부르는걸."

"문 철컥대는 것도 하지 말고, 낮에도 크게 부르지 말란 소리야."

아카리를 기다리면서 읽던 소설책으로 그녀의 머리를 가볍게 쿡 찔렀다.

"나기사는? 시간 맞춰서 같이 올 줄 알았는데."

아침에 미리 감상회 선언을 했으니, 아카리의 성격상 초대하지 않는다는 선택지는 없었을 것이다.

"아~. 불렀는데 본 무대 전까지는 감상을 안 듣는 타입이라면서 거절했어."

아카리가 과장되게 어깨를 늘어트리며 자기 기분을 몸으로 표현했다.

"그건 됐고, 일단 보자! 빨리 보고 싶어!"

아카리가 팔다리를 파닥거리며 재촉하는 바람에, 난 오른손 바로 옆에 있던 스마트폰을 집어 들었다.

"……왠지 부끄럽네."

갑자기 그런 감정이 몰려왔다. 잘 생각해 보니 이제 아카리가 화면에 비친 내 연기를 뚫어지게 볼 것이 아닌가.

무대에 오르는 게 공주와 기사뿐이라, 두 캐릭터는 관객들의 이목을 끌기 위해서 상당히 강렬하게 설정된 상태다.

특히나 나는 제법 거만한 설정인데…….

"응? 이제 와서 안 보여준다고는 하지 마."

"……안 될까?"

"안 되지."

소파에 엎드린 아카리가 평소답지 않게 진지한 눈으로 대답했다.

"그럼 봐도 되니까…… 난 거실에 있을게."

이제 와서 안 보여준다고 말을 바꿀 수도 없는 노릇이라, 포기하고 한숨을 쉬면서 재생 전 화면을 띄운 채로 스마트폰을 아카리에게 건넸다.

그리고 나는 그대로 소설을 손에 들고 방에서 탈출을…….

"잠깐."

감행하려 했으나, 소파에서 몸을 뻗은 아카리가 내 옷을 잡아당겼다.

"유토. 고작 이런 거로 도망치면 안 되지. 소꿉친구 한 명한테 보여주는 것뿐이잖아? 본 무대 땐 사람이 더 많을 텐데?"

여전히 진지한 눈을 한 아카리는 평소의, 좋게 말하면 밝고 나쁘게 말하면 바보 같은 태도를 버린 채로 나를 강하게 압박해 왔다.

"그 부분은 양해를……."

"안 된답니다."

과장된 말투로 거절하며 크게 고개를 젓는 아카리. 나는 그녀에게서 벗어나는 것을 포기하고 다시 침대로 돌아와 각오를 다지며 베개에 얼굴을 묻었다.

애초에 이런 흐름이라면 도망쳐봤자 다른 방까지 따라올 것이다.

그러면 우리 엄마도 감상회에 동참하게 되어 상황이 악화할 뿐이다.

"유토. 이리로 와."

고개를 들자 아카리가 자신의 옆, 한 명이 더 앉을 수 있는 빈자리를 툭툭 두드리고 있었다.

"같이 보자."

아카리 혼자 감상하는 게 아니라 나도 같이 봐야 하는 모양이다.

"어휴…… 걱정 안 해도 돼. 안 놀릴게! 이번엔 유토의 성장이라고 생각하고 지켜볼 거라구요. 이 누나는."

내 표정을 보고 무슨 생각을 하는지 알아챘는지, 아카리가 불안 요소를 먼저 제거했다.

"생일은 내가 먼저라니까……."

내키지 않았지만 나는 침대에서 일어나 무거운 발걸음으로 그녀의 옆으로 가 앉았다.

"그리고 스마트폰을 들어 주세요."

그 말과 함께 아까 내가 건넸던 스마트폰이 내 손 안으로 돌아왔다.

"그리고 다리 좀 벌려 봐."

그 말대로 다리를 벌리자 생겨난 공간에 아카리가 들어와 앉았다.

"그리고 내 앞에 스마트폰을 배치할 것."

그 말대로 움직였다……만.

"……이렇게 볼 거야?"

"응. 내가 들고 있으면 유토가 보기 힘들잖아. 팔도 아프고."

우리의 체격 차를 생각하면, 내게도 아카리의 정면에 있는 스마트폰이 잘 보이긴 한다.

아카리의 정면까지 팔을 뻗어야 해서 내 팔은 더 힘들지만…….

"그냥 나란히 앉아서 보면 되잖아……. 어차피 스마트폰은 내가 들 테고."

"으응? 뭐 어때! 왠지 이게 좋다구~. 사람 체온은 따듯하고, 심장 소리를 들으면 안심이 된대~."

그렇게 말하며 아카리는 내 가슴팍에 귀를 대고 귀 기울이듯이 눈을 감았다.

"어라…… 이상하네……?"

몇 초 귀를 댄 후, 갑자기 묘한 표정으로 중얼거렸다.

"이렇게 귀여운 소꿉친구랑 밀착 중인데 심박수가 전혀 안 올라……?"

진지한 얼굴로 내뱉는 그 말은 숨길 생각이 전혀 없는, 스스로를 향한 자신감으로 가득했다.

"익숙해진 거지."

"오? 처음엔 두근두근했다는 뜻이야~?"

아카리가 내 허벅지를 쿡쿡 찌르며 물었다.

"중1까지는."

"정말? 전혀 몰랐어."

"그래서 지금 나한테 이 자세는 메리트가 없다고."

"뭐어, 그건 넘어가자구."

그렇게 말하며 아카리는 머리를 흔들어 머리카락을 정리했다. 머리카락이 흔들리며 생긴 미풍에 화려하고 고급스러운 향기가 실려 왔다.

"아까 씻어서 좋은 향기 날걸? 그러니까 유토한테는 막 씻고 나온 현역 여고생의 샴푸 향기를 만끽하는 메리트가 생기는 거지! ……그건 그렇고."

아카리가 내 손에 들린 스마트폰을 조작하여 재생 버튼을 누르자 곧바로 영상이 재생되었다.

"오~, 나기사는 사람이 바뀐 것 같아~!"

평소 드라마 등에선 볼 수 없는, 연기자가 배역에 몰입하는 순간을 목격한 아카리가 손뼉을 치며 리액션했다.

이어서 내 대사도 시작되었는데, 비강으로 흘러들어오는 아카리의 향기에 어쩐지 기분이 차분해졌다.

……확실히 좋은 향기네.

그런 생각을 하며 스마트폰 화면을 바라봤다.

『공주님. 손을 이리로.』

평소였다면 절대 하지 않았을 대사를 아무렇지 않은 얼굴로 내뱉는 화면 속의 나.

본 무대였다면 착용해야 할 기사복도, 얼굴을 가리는 가면도 없이 평범한 학교 체육복을 걸친 내가 젠체하며 대사를 내뱉고 있다.

놀림당할 것을 각오하고 있었으나, 아카리는 아까 말한 대로 평소와 같은 농담은 한마디도 꺼내지 않았다.

분명 속으론 웃음을 참는 중이겠지. 아카리에게서 아무 말도 들려오지 않는 게 오히려 괴로웠다.

이럴 바에는 그냥 놀림받고 끝나는 게 좋지 않았을까.

나는 어색함을 견디지 못하고 화면에서 눈을 뗐다. 그리고 시야 아래에 있는 아카리의 머리에 머리에 얼굴을 가볍게 올리고 아카리의 머리카락으로 시야를 가렸다. 여기서부턴 개인적으로 부끄러운 장면이 이어진다.

당분간 이렇게 버티자.

그리고 아카리의 향기로 정신 통일을…….

……잠깐. 이렇게 표현하니까 되게 징그럽잖아.

막 씻고 나온 소꿉친구가 풍기는 향기를 즐긴다……라는, 글로 표현하면 확실히 변태적인 행동을 자중하고 얌전히 마음을 비우며 버티기로 했다.

"……유토?"

목소리가 들려와 시야를 정면으로 옮겼다. 그와 동시에 영상 재생이 멈춘 것을 발견했다.

"왜?"

그렇게 묻자, 얼굴을 붉힌 아카리가 천천히 나를 향해 고개를 돌렸다.

그리고 "딱히 상관은 없는데……"라며 어색한 얼굴로 시선을 피하며 서두를 꺼냈다.

"조금, 조~금 냄새를 계속 맡는 게 신경 쓰여서…… 역시 좀 부끄럽다……고 해야 하나?"

"……미안."

처음 보는 소꿉친구의 표정에 나는 사과할 수밖에 없었다…….

"자! 그럼 계속 보자! 다시 재생!"

조금 볼을 붉힌 후 자연스럽게 내 다리 사이에서 빠져나온 아카리는 내 옆에 나란히 앉아 스마트폰을 보는 자세로 변경했다. 그리고 방의 분위기를 전환하듯이 손뼉을 친다.

애써 눈을 맞추려고 노력하는 게 보였지만, 확실히 초점이 벗어나 있었다.

"진짜 미안……."

한눈에 봐도 평소와 다른 소꿉친구의 모습을 보니 죄책감이 더욱 짙어졌다.

"아냐, 아냐! 전혀 신경 안 써! 전혀! 유토는 동생이나 마찬가지니까!"

손을 휙휙 저으며 위로해 줬지만…… 소꿉친구가 아니어도 알 수 있을 정도로 동공 지진을 일으키며 동요를 보이는 모습에 더욱 면목이 없어졌다.

"아, 정말! 평소처럼 태클 걸라구~! 유토가 생일이 먼저잖아~?"

팔꿈치로 나를 찌르며 평소처럼 놀리기 시작한다.

"진짜 괜찮다니까! 자! 얼마든지!"

아카리가 흔들리는 눈동자로 그렇게 말하며 내 가슴팍에 기댔다.

……만족할 만큼 냄새를 맡으란 건가.

이 상황에 얌전히 코를 킁킁댈 정도로 나는 뻔뻔하지 못하다.

상태가 이상해진 아카리를 말리는 게 좋을까. 아카리 나름대로 노력해서 꺼낸 타개책을 받아들이는 게 좋을까.

생각에 빠진 사이 시간은 지났고, 시야 아래에 있는 아카리의 머리가 바들바들 떨리기 시작했다.

"……미안. 아까 그건 잊어줄래?"

나를 올려다보며 작게 말하는 아카리의 얼굴은 점점 더 빨개졌다.

그게 결정타였다. 어색함이 한계를 돌파해 버린 방 안에서 벗어나기 위해, 나는 영상 재생을 멈추고 휴식의 의미로 거실에서 음료를 가져왔다.

"오, 자네 세심하구만~."

"천만에."

일부러 시간을 둔 게 효과적이었던 걸까. 아카리는 평소 모습과 크게 다르지 않았다.

"그게…… 아까는 미안…… 어떻게든 영상에서 눈을 돌리려다가……."

"아~ 정말. 괜찮다니까!"

고맙게도 사과를 가볍게 받아들여 준 덕분에 나도 평소 상태로 돌아올 수 있었다.

"히나타랑 나기사한테 유토가 냄새 페티시라고 말했더니 왠지 기분이 상쾌해졌거든!"

활짝 웃으며 그렇게 말한 아카리는 자신이 앉아 있는 소파를 팡팡 두드렸다.

"자! 다시 아까 그 자세 하자. 괜찮아! 유토가 냄새 페티시여도 기분 나쁘다고 하진 않을게. 우린 소꿉친구니까!"

"……그걸 말했다고?"

"응."

그렇게 말하며 아카리는 내가 모르는, 무라이와 아카리, 나기사 세 명으로 구성된 채팅창이 표시된 화면을 보여줬다.

〈유토는 막 씻고 나왔을 때의 머리 냄새를 좋아하는 냄새 페티시였답니다.〉

두 개의 읽음 표시가 붙은 그 메시지는 간결해서 더 최악이었다.

〈굳이 따지자면 음흉한 타입일 것 같긴 했어요.〉

〈무슨 샴푸 쓰는데?〉

바로 착실하게 대답해 준 두 사람은 무척 좋은 친구였다. 그 덕분에 아카리의 기분이 풀린 듯했다.

……뭐, 이 정도의 벌로 나의 죄를 사할 수 있다면 다행인가.

"빨리 이어서 보자! 유토!"

내가 대미지를 입으리란 걸 알고 기대하고 있었는지, 아카리는 만족스럽게 웃으며 나를 재촉했다.

탁상에 음료를 두고 나는 다시 조금 전의 자세로 돌아갔다.

머리카락을 의식하지 않도록 주의하며…….

그 후로는 별 문제 없었다. 아카리의 "우와―!", "오~, 유토 멋있잖아~!" 등의 감상을 들으며 스마트폰을 같이 바라봤다.

……이제 화면 속 내가 부끄러운 대사를 내뱉어도 딱히 아무렇지도 않았다.

조금 전의 분위기에 비하면 내 연기를 보여주는 게 훨씬 편했으니까…….

『이 정도면…… 분명 유야 씨에게…….』

『아오이 군. 촬영 안 멈춰도 돼?』

그런 두 사람의 목소리가 흐른 후 영상은 자동으로 재생을 멈췄다.

"그래서…… 어땠어?"

"좋았는데…… 유토, 진짜 시험에 나가는구나―."

이제야 실감 난다는 듯 그렇게 중얼거리는 소꿉친구의 앞에서 스마트폰을 치워 침대 위로 가볍게 던졌다.

"처음부터 그렇게 말했잖아."

"그래도. 아버지를 싫어한다고 했던 유토가 일부러 유야 씨가 보는 무대에 선다니, 믿기지 않았거든―."

아카리는 자세를 무너트리더니 내 복부 근처에 머리를 얹고 천장을 올려다봤다.

"중2 때였나?"

"응. 그때 유토, 계~속 아버지가 싫다고 그랬었잖아."

확실히, 그땐 그렇게 말했던 기억이 남아 있다.

"그땐 반항기이기도 했고, 중학생의 머리로 본인 가정 환경을 이해해 보려다가 삐끗한 거지. 절대 언급해선 안 되는 일인 줄 알고 엄마한테 자세한 이야기를 묻지도 않고 혼자 망상 스토리를 만들었던 거야. 그때는 망상 속의 아버지에 대한 감정을 표현할 말이 '싫다'밖에 없었어."

지금 생각해 보면 드라마 속에서 아버지 역할을 맡은 아버지의 시선이 내게 닿지 않았다는 점, 따뜻한 가정을 꾸려나가는 가장으로서 사랑하는 아내를 바라보는 시선이 엄마에게 향하지 않았단 점.

그게 왠지 분했던 것일지도 모르겠다.

그런데 실제 아버지는 엄마와 연락을 계속 주고받았고, 아들의 성장 보고도 꾸준히 전해 듣고 있었다고 한다.

"저번엔 자세히 못 물어봤는데…… 정말로 시험 날 유야 씨랑 만나도 괜찮아?"

일어나서 정좌를 하더니 진지한 시선으로 그런 걸 확인 하는 소꿉친구. 여전히 걱정이 많았다.

"본심을 말하자면 안 괜찮은 것 같기도 해……."

"뭐?! 어, 어떡하지? 내가 대신 나갈까? 아, 그래도 남자 여야 하지……."

조금 놀려 줄 심산으로 어두운 표정으로 중얼거리자, 좀 처럼 보기 힘든 허둥지둥하는 아카리를 볼 수 있었다.

나는 작게 웃은 후, 아카리의 머리에 손을 올렸다.

"뭐, TV로만 봤던 아버지와 난생처음 만난다고 생각하 니 엄청 긴장되지만……."

"되지만?"

머리 위에 놓인 내 손을 양손으로 감싸며 날 올려다보는 눈에는 물음표가 떠 있었다.

"무슨 일이 생기면 위로해 줄 거잖아? 누나가."

잠시 얼떨떨한 표정을 지은 후, 아카리는 활짝 웃으며 내 가슴팍에 파고들었다.

"누나한테 맡겨!"

힘껏 돌진한 탓에 나도 소파에 체중 전부를 실어야 할 정도로 자세가 무너졌다.

생각보다 강한 힘에 쓴웃음을 지으며, 품속으로 들어온 소꿉친구의 머리를 부드럽게 쓰다듬었다.

"아, 미리 말하지만 어리광은 피워도 좋은데, 그 직전에 미리 연락해 줘."

"왜?"

어리광을 부리겠다곤 하지 않았는데. 반박할 마음도 잊게 만드는 웃음을 머금은 소꿉친구와 눈이 마주쳤다.

"그야, 유토를 위해서 씻고 나와야 하잖아?"

"……고맙네."

소꿉친구의 고마운 배려에 나는 부정하지 않고 냄새 페티시라는 칭호를 순순히 받아들이고야 말았다…….

◆

〈선생님이 부르셔서, 잠깐만 기다려 줘!〉

다음 날 방과 후. 종례를 마치자마자 아카리에게서 메시지가 도착했다.

〈어떻게 할래?〉

그리고 잠시 후 도착한 나기사의 메시지.

나기사가 학교에 온 날엔 셋이서 귀가하는 게 습관이 된 우리는 오늘도 함께 하교할 예정이었다.

〈도서관에서 기다릴까?〉

그런 제안을 보낸 나는 일단 나기사와 합류하기 위해 교실을 나섰다.

〈가 본 적 없어서 어딘지 몰라.〉

〈학교 정중앙에 있는 커다란 건물.〉

우리 교실을 나와 바로 옆에 있는 계단을 올라가면 나오는 아카리네 반의 옆 교실.

그 교실 뒤쪽 문으로 안을 들여다보니, 복도 쪽 자리에 낯익은 뒷모습이 보였다.

〈어딘지 모르겠으니까 데리러 와.〉

"이미 왔어."

"……넌 남의 뒤에 숨어드는 게 취미야?"

깜짝 놀라 어깨를 떤 나기사가 불만을 표현하듯이 눈을 가늘게 뜨며 뒤돌았다.

"그런 게 취미인 녀석이 세상에 어딨어."

"글쎄. 이틀 연속으로 밤에 누가 뒤를 따라온 적도 있었거든."

"그건 우연이었다니까……."

당황 섞인 목소리로 그렇게 말하자, 반대로 기쁜 듯이 웃음 짓는 나기사.

"그럼 에스코트 해 줘."

"네, 네."

아카리에게 도서관에 가 있겠다는 메시지를 보낸 후, 나와 나기사는 아까보다 적어진 인파를 따라 교사를 나왔다.

교문에서부터 이어진 긴 포장도로의 딱 정중앙에 있는 건물. 라이브러리 센터.

네모난 박스 형태의 건물로, 흰 벽에 검은 물방울 무늬

가 그려진 심플한 외관이었지만 그게 또 무어라 형용할 수 없는 근미래적인 느낌을 자아내서, 입학 전부터 이 도서관에 갈 생각에 설렌 적도 있었다.

"아~…… 이 건물이 도서관이었구나."

"보통 궁금하면 한 번쯤 들어가 보지 않아?"

"아니. 뭔가 위험한 시설인 줄 알았어."

"그런 게 학교 부지 안에 있겠냐고."

입구의 자동문으로 들어서자 곧바로 에어컨 바람과 도서관 특유의 종이 냄새를 머금은 포근한 분위기가 우리를 맞이했다.

평소엔 1층 책장을 적당히 구경했고, 소마와 올 땐 자습실로 향했는데, 오늘은 그렇게까지 오래 있을 예정은 아니었으므로 적당히 2층 창가에 설치된 독서 공간에 앉아 시간을 보내기로 했다.

"괜찮은 곳이네."

앞에 있는 창으로 도서관 바깥쪽 길을 바라보며 목소리 볼륨을 낮춘 나기사가 즐겁다는 표정을 지었다.

"왠지 책 읽고 싶어지는 기분이야."

"도서관에는 독서하고 싶은 기분이 들도록 만드는 마법이 걸려 있거든."

같은 간격으로 늘어선 책장과 정돈된 책을 보면 찾고 있던 책이 아닌데도 자꾸만 손을 뻗게 된다.

"진짜로 읽진 않을 거지만."

안 읽는 거냐.

"나른해지네~……."

창문으로 들어오는 햇빛을 받으며 그렇게 말한 나기사는 책상 위로 팔을 쭉 뻗고 엎드렸다.

그리고 뻗은 팔 위에 머리를 얹고 내게 시선을 보내더니, 차분한 모습으로 입을 열었다.

"……그러고 보니까 말이야."

"뭔데?"

"어제 냄새 페티시에 눈을 떴다는 게 사실이야?"

"……거짓말이지."

"그렇구나, 거짓말이구나. 냄새 페티시에는 예전부터 눈을 떴던 거구나."

내 말을 과대 해석하며 납득했단 얼굴로 다시 창밖으로 시선을 돌린다.

"……잠깐만. 애초에 나는 냄새 페티시에 눈을 뜬 적이 없어."

"정말?"

"정말."

"그럼 어제는 무슨 일이 있었길래?"

"……그냥 연습 영상을 보고 있었을 뿐이야."

"흐음……."

내 말을 들은 나기사는 안광이 사라진 눈으로 스마트폰을 조작하기 시작했다. 저건 대체 무슨 표정이지.

"그럼 이건?"

나기사가 내 눈앞에 내민 스마트폰 화면 속에는 아카리와 나기사의 채팅방 화면이 있었다.

거기엔 〈자세히 얘기해 봐〉라는 나기사에게 아카리가 정성스럽게 보낸 대답이 떠 있었다.

농담 섞어 냄새를 맡아도 된다고 말했더니 아카리의 머리에 얼굴을 파묻었다는 거나, 내가 코를 킁킁댄 횟수까지.

"······죄송했습니다."

"딱히 사과받고 싶었던 건 아닌데?"

"그럼 내가 뭘 해야 하는 거야······."

"아무것도 안 해도 돼~."

아무래도 나는 죄를 갚지 못하고 그저 이 십자가를 등에 지고 갈 수밖에 없는 모양이었다. 그리고 불만스럽단 얼굴로 스마트폰 화면을 끈 나기사는 책상에 푹 엎드리더니 작은 목소리로 말했다.

"나도 씻고 나오면 좋은 냄새 나거든······."

대체 뭐에 경쟁심을 불태우고 있는 거야, 이 녀석은.

게다가 굳이 말하지 않아도 안다. 일전에 둘이 연습할 때도, 씻고 나온 게 아닌데도 부드러운 비누 향기가 풍겼던 기억이 남아 있다.

"······."

거기까지 생각이 미친 후에야, 내가 예전부터 냄새 페티시에 눈을 떴을 가능성을 깨달았다. 나는 사고의 흐름을 끊을 목적으로 음악을 듣고자 무선 이어폰을 가방에서 꺼냈다.

"……나도 들을래."

조금 뾰로통한 얼굴의 나기사에게 무선 이어폰 한쪽을 건넸다.

이게 옛날 러브 코미디 드라마였다면 유선 이어폰을 한쪽씩 나눠 끼며 필연적으로 두 사람의 거리가 가까워지는…… 그런 전개가 펼쳐졌을지도 모르지만 아쉽게도 지금은 무선 이어폰 시대다.

한 이어폰으로 음악을 듣는 청춘 전개도 적절한 거리를 두고 이어 나갈 수 있었다.

"……?"

"왜 그래?"

의아하다는 표정으로 몇 번이나 이어폰을 뺐다가 끼는 나기사.

"연결이 불안정한 것 같은데…… 아, 이렇게 하니까 된다."

그렇게 말하며 나기사가 다가왔다. 어깨가 맞붙을 정도의 거리까지.

그렇군. 무선 이어폰도 이런 전개가 가능하구나.

그런 생각이 듦과 동시에, 나기사의 비누 향기에 머릿속 메모리가 반쯤 할당되는 것을 보니 역시 나는 냄새 페티시가 있는 모양이다.

◆

그 후로도 정기적으로 연습을 반복하며 시간이 지나, 시험이 며칠 앞으로 다가온 금요일.

나와 나기사는 시험 당일의 의상을 맞춰 보기 위해 실습동에 있는 의상실로 향했다.

"준비된 옷 중에서 고르기만 하면 되니까 시간은 오래 안 걸리겠지만……."

나기사가 시험의 팀장격인 본인에게 전달된 공지 화면을 바라보며 설명했다.

"딱히 제한 시간이 있는 건 아니니까 사진이라도 찍어서 아이다한테 보내 줄까?"

그렇게 말한 나기사는 기대에 찬 얼굴로 집에서 가져온 여우 가면을 팔랑팔랑 흔들며 내 얼굴을 들여다봤다.

"나쁠 건 없지. 당일엔 기념 촬영 할 시간이 있을지 없을지 모르니까."

나기사가 전달받은 공지사항에는 '출연자만 출입 가능'이라고 적혀 있었다.

아마 시험 참가자가 친구를 불러와 혼잡해지지 않도록 배려한 것이겠지만…… '나는 실제로 무대에 나가서 연기하는 건 아니니까 됐어.'라는 아이다의 요청도 있었다.

잠시 후, 우린 의상실에 도착했다.

"많다……."

문을 열자 생각보다 많은 수의 의상이 시야에 들어왔다.

일본식 의상이나 메이드복, 언제 입는 건지 모를 무거운 갑옷에 수영복까지 있다.

"우린…… 저쪽인가?"

넷 개의 구역으로 나뉜 실내 안쪽에는 '금년도 1학년 시험용'이라고 적힌 종이가 붙어 있었다.

앞서 걷는 나기사의 뒤를 따라가자, 시야에 들어오던 의상의 스타일이 단숨에 연기의 세계에서 볼 법한 유럽풍으로 바뀌었다.

"와~…… 꽤 많네~……."

의상 수가 많은데도 불구하고 답답하게 느껴지지 않는 쾌적한 공간을 둘이 걸으며 의상을 훑어봤다.

혼잡해지지 않도록 관리되고 있는 듯, 구역 안에는 네 팀 정도 되는 학생들뿐이었다.

"유토 의상부터 먼저 찾아볼까?"

"그래."

고개를 끄덕여 긍정한 후, 여성용 의상이 늘어선 풍경에서 벗어났다.

"어떤 게 좋아?"

"……솔직히 뭐든 상관없는데."

서양 기사풍 의상 디자인은 몇 종류가 각기 다른 색으로 준비되어 있었다.

"그렇게 말할 줄 알았지……. 잠깐 기다려 봐."

체념했다는 듯 한숨을 쉬며 왼손에 든 여우 가면을 내게 내밀었다.

내게 가면을 넘긴 나기사는 "흰색…… 아니 검은색도 어울리려나?"라고 중얼거리며 의상을 살폈다.

디자인과 색을 결정한 후, 흰색이 베이스인 의상을 받아 들었다.

"그럼 이 의상 입어 봐. 저쪽 시착실로 가면 스태프가 입는 걸 도와줄 거야."

"나기사는?"

"나는 나중에 합류할 테니까 시착실 앞에서 기다려."

"알았어."

아까 지나쳐 왔던 여성용 의상 코너로 걸어가는 나기사의 뒷모습을 배웅하고, 나는 시착실로 향했다.

나기사의 말처럼 그 앞에 대기해 있던 스태프의 도움을 받아 옷을 갈아입은 후, 조금 어색한 구조의 의상 차림으로 여우 가면을 손에 쥔 채 나기사를 기다렸다.

"어때? 나의 기사님?"

여러 시착실 중 한 곳에서 나온 나기사는 내 앞에 서서 화려한 의상을 보여주듯이 몸을 가볍게 기울이며 내 반응을 살펴보듯이 올려다봤다.

"어울리네요. 공주님."

왼손에 든 가면을 쓰고 나기사의 손을 잡으며 일부러 오글거리는 대사를 내뱉었다. 그 말에 나기사도 다시 만족스럽단 표정을 지었다.

"음. 합격."

그렇게 말하며 당당하게 가슴을 펴고 히죽거리는 표정
으로 바뀌었다.

"그래서, 어때? 오늘 또 반했어?"

"애초에 반한 적이 없는 것 같은데."

고귀한 공주님의 태도가 단숨에 여고생으로 바뀌었다.

"으응? 정말로~? 그 가면 아래에선 의외로 표정 관리가
안 되고 있다거나?"

"아무렇지도 않아."

"글쎄."

그렇게 말하며 나기사가 내 가면을 천천히 벗겼다.

"……아무렇지도 않네."

"그 정도의 놀림은 이미 익숙하지."

"재미없게~."

과장되게 입을 삐죽이는가 싶더니, 나기사는 갑자기 기
분 좋은 표정을 짓고 근처에 있던 학생을 불렀다.

"미안한데 우리 사진 좀 찍어줄 수 있을까?"

근처에 둔 자기 가방에서 스마트폰을 꺼내, 흔쾌히 부탁
을 들어준 학생에게 건넸다.

"자, 유토. 공주님 안기 해 줘."

"……정말로?"

장난스러운 요구에 나도 모르게 당황스러운 반응이 나

왔다.

"정말로. 진심으로."

다른 학생 앞이라는 점을 잊고 있는 건가? 아니면 배우라서 남들의 시선이 아무렇지도 않은 건가?

그런 생각을 하는 사이에도 스마트폰을 든 학생은 착실히 우리를 기다리는 중이다.

생각하고 있을 때가 아닌가…….

깊은 한숨을 쉬고, 나는 공주님 안기를 하기 위해 나기사의 뒤로 섰다.

"──라고 할 줄……."

뭔가 말하려던 나기사의 말이 끊기고, 나는 나기사의 허리와 무릎 뒤로 손을 둘렀다.

"자, 간다?"

"잠, 잠깐만……."

그 말과 함께 번쩍 들린 나기사의 팔이 내 목에 감겨서 마치 끌어안은 듯한 자세가 되었다.

"그렇게 안 매달려도 안 떨어트려……."

내가 그렇게 힘이 없는 것도 아니고, 애초에 나기사는 가볍다.

"……정말! 시끄러워!"

어째서인지 성내는 목소리가 들리는가 싶더니 내 얼굴에 여우 가면이 짓눌리며 시야가 검게 물들었다.

"앞이 안 보이잖아……."

"유토는 그러고 있어! ……그리고 사진은 잠깐만 기다려 줘!"

가려지지 않은 귓가로 나기사의 화에 찬 목소리가 전해졌다.

말투는 정중했지만, 촬영에 협력해 주고 있는 학생에게까지 강한 어조로 몰아붙이는 모습이었다.

10초 정도 기다리자, 깊이 숨을 쉬는 소리가 들린 후 나기사가 가면의 위치를 조정하여 시야가 밝아졌다.

"……그럼, 부탁합니다……."

화내는 기색은 사라졌지만 아직도 나기사는 기분이 좋아 보이지 않았다. 그러나 어째서인지 스마트폰을 든 학생은 싱긋 미소 짓고 있었다…….

6장　　날씨와 기분은 갈대처럼

시험 당일인 일요일. 커튼을 연 나를 맞이한 건 환하게 빛나는 태양이 아닌, 구름에 뒤덮인 어두운 하늘이었다.

매일 아침 TV에 나오는 기상 캐스터가 가리킨 오늘의 날씨는 오후부터 맑음 표시가 되어 있었다.

일기예보를 힐끗 바라보며 아침 식사를 한 후, 평소처럼 아침 준비를 마쳤다.

교복을 입고, 나기사에게 받은 여우 가면을 가방에 넣었다.

"이따 보러 갈 테니까 파이팅."

현관에서 신발을 신고 있자 화장실에서 얼굴을 빼꼼 내민 엄마의 목소리가 뒤에서 들려왔다.

"혹시 몰라 말하는 건데, 아버지한테 가까이 다가가는 건 안 좋을 거라고 봐."

"나도 알지. 만일 대화하게 되더라도 팬처럼 굴 테니까 안심해."

가벼운 대답이 돌아와서 마음속 불안이 더 커졌지만, 난 불안을 떨쳐 내기 위해 가볍게 한숨을 쉰 후 문고리에 손을 올렸다.

"다녀오겠습니다."

밖으로 나오자 아까 방에서도 봤던 흐린 하늘이 눈에 들어왔다. 그 광경이 시야에 들어오자마자 옆집에서도 문이 열리는 소리가 들려왔다.

"아, 좋은 아침."

"좋은 아침."

둘이 완전히 같은 타이밍에 나온 점에 놀라며 아침 인사를 나눴다. 나기사가 집 문을 잠근 것을 확인하고 내 옆에 나란히 섰다.

"자, 그럼 갈까?"

평소와 같은 등굣길을, 평소와 같은 잡담을 나누며 걸었다. 대화를 나누는 사이 긴장도 조금씩 풀어졌다.

"역시 사람은 얼마 없네~."

교문 안으로 들어서자, 나기사가 내 앞에서 주변을 두리번거리며 걸었다.

실제로 평소보다 사람은 적었다. 등굣길에 본 방문객용 주차장도 아직 조금밖에 차 있지 않았다.

"아~. 지루하겠다~……. 네 시간은 더 남았지? 대기 시간."

"나는 오히려 감사한데. 마음의 준비도 할 수 있고."

"으응~? 마음의 준비도 필요해?"

내 쪽으로 빙글 뒤돈 나기사의 눈에는 순수한 의문이 떠올라 있었다.

"나는 일반인이라고. 이런 자리가 익숙할 리 없잖아."

"어쩌면 오늘로 일반인 신분은 졸업하게 될지도 모르지. 심사위원한테 스카우트 받는 거 아니야?"

"그럴 일은 없을걸……. 시험은 예능과 학생들을 위한 거니까 나는 애초에 심사 대상조차 아니라고."

"글쎄~? 나는 가능성이 충분히 있다고 생각하는데."

"천하의 나기사 님이 인정해 주시다니 영광이군요."

"음. 합격."

연기 섞인 대답을 내놓자 나기사도 만족스럽게 고개를 끄덕였다.

"그보다~……."

나기사는 또 태도를 휙 바꾸더니 뭔가를 떠올린 듯이 평소처럼 히죽거리는 웃음을 지었다.

"의외네~. 평소엔 내내 쿨한 척하면서, 이럴 땐 긴장도 하는구나~?"

"아니. 긴장이야 누구나 하는 거잖아……."

나도 평범한 인간이다.

"음~ 어쩌려나? 내가 확인해 줄게."

그렇게 말하며 나기사는 교사로 향하던 발걸음을 멈추고 내게 다가왔다.

나기사가 멈춘 타이밍에 나도 발걸음을 멈추고, 또 알 수 없는 뭔가를 하려는 나기사를 반쯤 체념한 시선으로 바라봤다. 그러자 갑자기 나기사가 내 품속으로 뛰어들었다.

"……뭐 하는 거야?"

놀림거리가 되지 않도록 동요를 숨기며 나기사에게 물었다. 참고로 나기사는 내가 도망치지 못하도록 내 허리에 팔까지 두른 상태다.

"보면 알잖아? 확인하는 거야. 긴장했는지."

그렇게 말한 나기사는 눈을 감고 내 가슴께에 귀를 가져다 댔다. 아무리 일요일이라 사람이 적다고 해도 학생이 한 명도 없는 건 아니다.

주변에서 날아오는 시선과, 나기사에게서 풍겨오는 향기에 조금씩 심박수가 올라갔다.

"현역 배우가 이런 데서 남자를 끌어안고 있어도 괜찮아?"

"딱히 연애가 금지인 것도 아니고, 이건 그냥 장난이니까. 그리고……."

점점 빨라지는 나의 심장 고동 소리를 들은 후, 나기사는 만족스럽게 웃으며 내게서 떨어지고는 이렇게 말했다.

"나, 지금은 평범한 여고생인걸!"

◆

평소엔 이론 수업에 쓰이는 학습동의 교실이 시험에 참가하는 학생들을 위한 대기실로 바뀌었다.

시험은 오전부와 오후부로 나뉘어 있는데, 오전부에 나가는 학생은 8시 반에 점호를 한다.

점호 시간까지 20분 정도 남았지만 대기실로 쓰이는 교실에는 제법 많은 인원이 차 있었다.

"어머, 좋은 아침."

우리 팀이 대기실로 지정된 교실로 들어서자 이미 교실 안에 있던 학생 일부의 시선과 아이다의 인사가 우리를 맞이했다.

"좋은 아침, 아이다."

평소 교실에서처럼 창가 제일 앞쪽 자리에 앉은 아이다의 옆에, 나기사가 밝은 인사로 답하며 앉았다.

나도 평소처럼 아이다의 뒷자리에 앉아 한숨을 돌렸다.

책상에 달린 고리에 가방을 걸고 앞에 앉은 두 사람의 상태를 살피는데, 나기사가 큰 한숨을 쉬며 책상에 엎드렸다.

"아~. 그래도 네 시간이나 더 기다려야 한다니~……."

"우리는 오전부 마지막이니까."

"……지루해."

대본을 훑으며 대답하는 아이다를 보고 나기사가 불만스러운 표정을 지으며 투덜거렸다.

"대본이라도 읽으면서 시간 보내는 것 말고는 할 게 없지 않나?"

나는 책상에 건 가방에서 대본을 꺼내, 시험 당일이란 느낌이 전혀 들지 않는 나기사에게 건넸다.

……그러나 나기사는 책상 밖으로 뻗은 왼손을 휘저으며 받지 않겠다는 의사를 전했다.

"나, 연기 들어가기 한 시간 전까지는 아무 생각도 안 하고 쉬는 타입이야."

"흐음…… 그건 흥미롭네."

자신의 퍼포먼스를 높이기 위해서 과하게 열중하지 않는 게 나기사의 방식이라고 한다.

아역 때부터 이어져 온 연기 경험을 통해서 자신의 퍼포먼스를 끌어내는 방법을 잘 알게 된 듯했다.

나도 왠지 따라 하고 싶은 마음이 들어 대본을 덮고 가방 안으로 돌려놓았다.

"실은 유야 씨가 그래서 흉내 내는 거야."

"……."

그 말을 들은 아이다는 들고 있던 대본을 조용히 덮고 책상 위에 올려뒀다.

얘, 진짜로 아버지 팬이구나…….

"호쿠조 씨한테 내 목소리를 들려준다고 생각하니까 긴장되기 시작했어……."

아이다는 긴장과는 거리가 먼 덤덤한 표정으로 가슴에 손을 두고 심호흡했다.

"나기사. 괜히 긴장하게 만들지 마."

"뭐~? 내 탓이야?"

그런 대화를 나누고 있자 노크 소리가 들리더니 수트 차림의 여성이 문을 열고 들어왔다.

조금 전까지 들리던 대화 소리가 멎고, 교실이 한순간에 조용한 공간으로 바뀌었다.

"지금부터 점호를 시작하겠다. 점호가 끝나면 자기 순서 30분 전에는 이벤트홀의 대기실로 이동하도록."

여성은 지시 사항을 간결하게 전하고, 이 교실에 배정된 팀의 대표자 이름을 불러 출결을 확인했다.

여성은 사무적인 점호를 마치고 곧바로 나갔지만, 교실 내에는 여전히 긴장이 맴돌았다.

그도 그럴 터. 나와 나기사, 아이다가 특수할 뿐이지, 예능과 학생 대부분에게 오늘은 인생이 크게 바뀔지도 모르는 시험이다.

몇십 초의 정적이 이어지고, 다시 입을 열 타이밍을 놓쳤을 때쯤. 교실 뒤쪽의 문이 벌컥 열렸다.

"어어…… 아! 저기 있다~!"

긴장된 정적을 깬…… 아니, 파괴한 것은 평소처럼 마이 페이스에 눈치 없는 소꿉친구였다.

"하아~ 유토~! 대기실 위치 정도는 미리 알려줘야지!"

조금 거친 숨을 내쉬며 다가온 아카리는 "엄청 찾았다구~"라고 투덜거리며 내 옆자리에 앉았다.

"히나타는 제대로 알려 줬는데, 이 소꿉친구는 정말……."

과장되게 한숨을 내쉬며 아직도 멀었다는 듯한 시선을 보낸다.

"무라이는 어느 교실에 있어?"

더 이어지려는 소꿉친구의 투정을 끊고 다른 화제를 꺼

내자, 아카리는 불만스러운 표정을 휙 바꾸더니 "어디냐면……" 하며 턱에 손을 두고 생각하는 포즈를 취했다.

"옆 반의 옆의 옆…… 어라? 그 옆이었나?"

정확히 기억이 나지 않는지 몇 초 생각에 빠진 얼굴이더니, 바로 "그건 됐고!" 하며 말을 바꿨다.

"유메, 나기사. 유토를 부디 잘 부탁해."

손은 책상 아래로 축 늘어트리고 머리만 책상에 얹어 조아리는 기행을 보이는 소꿉친구. 평소 모습 그대로였다.

나기사는 그 모습에 작게 웃으며 부탁을 받아들였고, 아이다는 자세를 고쳐 앉고 진지하게 승낙의 뜻을 전했다.

"아! 10시부터 히나타네 시험이라 보러 가야 해!"

지금 막 자리에 앉아놓고 또다시 서두르며 일어서는 아카리. 하지만 시침은 이제 9시를 가리키고 있었다.

"아직 여유 있는 거 아냐?"

"제일 앞자리 맡아둬야 하거든!"

내가 묻기도 전에 이미 이벤트홀로 향하기 시작한 아카리는 그런 대답을 남기고 교실을 뒤로했다.

"부산스럽네…… 저 녀석."

◆

아카리가 교실을 나간 게 약 한 시간 전.

참참참 게임을 하며 시간을 보내다가, 지루함을 견디지

못했는지 아이다가 갑자기 교내를 산책하러 가겠다며 나간 게 분명 약 30분 전.

10시를 조금 넘은 시각. 나와 나기사는 대기 시간 약 두 시간을 남기고 무료함을 버티고 있었다.

"유토…… 뭔가 재밌는 얘기 좀 해 봐~."

"……나한테 그런 걸 기대해도 될 것 같아?"

"음…… 어렵겠네……."

책상에 축 늘어져 다리를 동동거리던 나기사가 포기한 듯한 시선을 보냈다.

"그럼 그건 됐고~…… 무슨 얘기라도 하자~."

"무슨 얘기를?"

"음~…… 어제 저녁밥 메뉴?"

"어제는 햄버그 스테이크. 나기사 너도 어제 같이 먹었잖아."

나기사와 엄마가 연락처를 교환한 후, 나기사가 식사 자리에 동석하는 일이 많아졌다.

엄마는 "혼자 살면 밥 챙겨 먹기 힘들 테니까 잘 보살펴 줘야지. 전에 살던 이웃분도 유토를 여러모로 챙겨 주셨잖아"라고 말했으나, 표정을 보면 단순히 아카리와 다른 타입의 여자아이를 예뻐해 주고 싶은 듯했다.

"……아. 유토네 어머니한테 또 햄버그 스테이크 먹고 싶다고 말해 줄래? 맛있었어."

"어제 몇 번이나 말했던 것 같은데."

"혹시 모르니까. 혹시나 해서."

어젯밤, 엄마와 함께 설거지를 하던 나기사가 몇 번이나 또 먹고 싶다고 요청했던 장면이 떠올랐다.

엄마도 싫지 않은 기색이었으니, 아마 가까운 시일 내에 우리 집 식탁에 또 햄버그 스테이크가 올라오겠지.

"알았어. 말해둘게."

내가 또 요청하지 않아도 어차피 또 만들어 줄 텐데. 그런 생각을 하며 대답하자 나기사의 다리가 동동거리는 속도가 확연히 빨라졌다.

작게 콧노래까지 부르기 시작할 때쯤, 아이다가 드디어 교실로 돌아왔다.

"항상 같은 길만 다녔는데, 산책할수록 재미가 있네. 이 학교."

천천히 의자에 앉는 아이다는 퀘스트를 하나 처리해 낸 듯한 표정이었다.

"그래서. 이제 무엇을 할까요?"

아이다가 그렇게 말하며 주머니에서 어디에서 구했는지 모를 트럼프 카드를 꺼내선 섞기 시작했다. 그리고 당당하게 웃으며 카드를 나눠주기 시작했다.

"어려운 거였네. 카드 게임."

애초에 카드 게임은 가족과 몇 번 해 본 게 끝이라던 아이다는 솔직히 표현하자면 약했다.

도둑잡기와 대부호, 스피드 등 다양한 종류의 게임을 해 봤으나, 결국 메모리 게임이 가장 승부를 내기 만만한 게임이란 것을 알게 되었을 땐 제법 시간이 지난 상태였다. 교실 내에 남은 팀은 우리뿐이었다.

"좋아! 그거 할 수 있겠다."

처음엔 제법 즐기던 나기사도 계속된 트럼프 게임에는 질렸는지 갑자기 일어나 빈 의자를 옮기기 시작했다.

"……뭐 하게?"

"걱정 마. 교실 나가기 전에 도로 돌려놓으면 되니까."

그녀는 열심히 의자를 옮겨 교실 앞쪽의 빈 공간에 의자 다섯 개를 늘어놓았다.

"……?"

손이 심심한지 조용히 트럼프 카드를 셔플하던 아이다 가 의아하다는 시선을 나기사에게 보냈다.

"그래서 뭘 하려는……."

그렇게 의문을 표하려 했으나, 나기사가 손바닥을 내밀 어 내 말을 가로막았다.

그리고 당당한 표정을 지으며 실내화를 벗고 늘어선 의 자 위에 누웠다.

"간이 침대야."

"……그러다 떨어진다?"

너무 심심한 나머지 뭐든 재밌게 느껴지기 시작한 건가.

이런 나기사를 보고 있으니 초등학생 시절의 아카리가 떠올랐다.

그때의 아카리도 같은 짓을 하다가 뒤로 떨어진 적이 있다. 다행히 크게 다치진 않았지만 몇 분은 계속 울었던 기억이 남아 있다.

"30분 정도는 이렇게 있어도 될 것 같아."

시험까지는 약 한 시간 반 정도 남았다.

나기사가 말하던 한 시간 전까지는 자면서 시간을 보내려는 듯했다.

"……한 번만 더 산책 갔다 와도 될까?"

"……한 번 더?"

시계를 바라보던 아이다가 교내 산책을 무려 두 번이나 하겠다기에 나도 모르게 되묻고 말았다.

"괜찮아. 30분 전에는 꼭 돌아올게. 뭐하면 아오이 군도 같이 갈래? 교복 데이트 하듯이."

의자 위에서 쉬던 나기사가 자세를 휙 바꿔 내게 화가 담긴 시선을 보냈다.

……내가 아이다에게 이상한 짓이라도 할까 봐 경계하는 건가.

나기사의 눈에선 그런 위압감이 느껴졌다…… 물론 그럴 생각도, 배짱도 없지만.

"아니…… 그보다 교내에선 굳이 교복 데이트란 말 안 쓰지 않아?"

"어머. 그런가?"

"아마 그러겠지."

"그렇구나…… 언젠가 교복 데이트 해 보고 싶네."

그런 말을 남기고 아이다는 교실을 나갔다.

그리고 교복 데이트를 나와 하고 싶다고는 한마디도 하지 않았는데도 나를 한층 더 경계하는 나기사.

아이다는 아마 교복 데이트란 말 자체에만 흥미가 있었던 거 아닐까.

그 후로 몇 분이 지났을까.

딱히 대화도 없는 교실 안에서 시험은 잊고 쉴 생각이었으나, 나도 모르게 습관적으로 대본을 머릿속에 떠올렸다.

습관이란 무서운 것이다.

"저기, 유토~."

등을 돌리고 누워 있던 나기사가 내게 얼굴이 보이는 방향으로 돌아누웠다.

"이 의자 딱딱해서 몸이 아파."

"그야 그렇겠지. 그건 앉으라고 만든 의자라고."

"베개라도 있으면 좋을 텐데~."

그렇게 말하며 나기사는 자기 가방을 머리 아래에 두기도 해 봤으나, 곧바로 마음에 차지 않는다는 표정을 지었다.

"이래도 안 되나……."

포기한 듯이 한숨을 쉬며 일어난 나기사는 늘어놓은 의자 중 하나에 앉았다.

"어쩌지. 아이다도 아마 30분 후에야 돌아올 테고."

"그렇겠지."

시험 연습 기간 동안 알게 된 건데, 아이다는 아마 자유의 어원에 근접한 사람일 것이다. 아이다를 본 사람이 자유란 말을 만들었을 테니까.

"유토. 뭐라도 하자."

"그렇게 말해도 지금 가지고 놀 만한 건 카드밖에 없어."

아이다가 앉았던 책상 위에 방치된 트럼프 카드 박스를 흘깃거리며 말했다.

"카드는 딱히 안 끌리네……."

본격적으로 시간을 보낼 아이디어도 떠오르지 않고, 일기 예보가 말한 것처럼 오후에 가까워지니 점점 창밖으로 쏟아져 들어오기 시작한 따뜻한 햇살에 무심코 하품이 새어 나왔다.

"뭐야? 유토 졸려?"

"응? 뭐, 조금."

솔직히 대답하자 나기사는 결심했다는 표정으로 의자에서 일어섰다.

"이거 써."

"아니. 딱딱하다며. 그거."

직접 써 보고 편히 쉬기엔 마땅하지 않다는 결론을 낸 참 아니던가.

"괜찮아. 베개라면 있어."

그렇게 말하며 나기사는 아까 자기 머리가 위치했던 곳에 앉아 자신의 허벅지를 탁탁 두드렸다.

"자, 여기."

나기사가 눈에 약간의 기대를 담고 도발적인 말투로 권했다.

"아니……. 괜찮은데."

"왜! 좋아하잖아?! 허벅지!"

도발에 넘어가지 않고 있으려는데 어째서인지 예전의 대화 내용이 흘러나왔다.

"……어떻게 아는 거야."

"들었지, 야마다란 애한테. 얼마 전에 유토가 피곤해하면 무릎베개를 해 주라는 부탁을 받았어."

"괜한 소리를……."

한 번도 대화해 본 적 없는 현역 배우에게 그런 말을 꺼내다니. 녀석의 배짱은 인정할 만했지만, 다음에 만나면 다시는 그런 소리를 꺼내지 못하도록 못 박아 두자고 마음속으로 결심했다.

"그런 녀석 말은 믿지 마."

"그럼 거짓말이야? 허벅지 좋아한다는 거."

"……거짓말은 아니지만."

"그럼 무릎베개 안 할 거야?"

허벅지를 탁탁 두드리며 내게 확인의 시선을 보낸다.

"……아이다가 돌아올지도 모르잖아."

"안 온다니까. 30분은 걸린다고 했던 거, 아까 유토도 들었잖아?"

회피를 위한 변명도 곧바로 파훼되었다.

변명할 말은 떠올리자면 더 있을지도 모른다. 하지만 나는 변명을 더 떠올리지 않고 나기사의 앞에 섰다.

"자."

상냥하게 미소 지은 나기사는 날 올려다보며 시선을 앗아가서는 놓아 주지 않는다.

"실례하겠습니다……."

애써 시선을 피하며 나기사의 허벅지에 머리를 얹었다.

가장 먼저 느껴진 건 수치심과 놀라움.

아무도 없는 교실에서 뭘 하는 거냐는 이성적인 사고와, 그 생각을 날려버릴 정도로 부드러운 허벅지의 감촉.

부끄러워서 나기사의 얼굴을 볼 수가 없었다.

바깥쪽으로 얼굴을 돌리고, 교실 뒤의 칠판에 누가 그렸는지도 모를 낙서를 바라보며 어떻게든 쓸데없는 생각을 떨쳐내기 위해 노력했으나…….

"착하다, 착해~……."

나기사는 아이를 달래는 말투로 그런 소리를 내며 내 머리를 천천히 쓰다듬었다.

나기사의 예상 밖의 행동에 놀라, 작자 불명의 낙서에 시선을 고정하는 것조차 힘들어졌다.

"고마워. 나랑 시험에 나가 줘서."

평정을 가장해 그렇게 말했지만, 그 목소리에는 확실히 부끄러움이 섞여 있었다.

"고마움 때문에 이러는 거면 굳이 안 해도 돼……."

나기사도 태연한 게 아니란 걸 깨닫자 조금 죄책감이 들었다.

"아냐. 그냥 내가 이러고 싶었던 것뿐이야……."

나기사는 부끄러워서인지 조금 떨리는 목소리로 말을 이어 나갔다.

"그러니까……."

내 눈 위를 덮은 나기사의 손에서, 체온이 전해졌다.

"지금은…… 얼굴 보지 말아 줘……."

◆

무릎베개 개시 5분이 경과하고도 적응을 못 하는 나를 본 나기사는 반대로 평정이 돌아온 모양이었다.

내가 딱히 반격을 하지 않고, 하지도 못한다는 걸 안 나기사는 어린아이를 달래는 듯한 목소리로 "귀여워라~" 하며 내 머리를 쓰다듬을 정도로 신이 났다.

……하지만 불쾌하진 않은, 정확히 표현하자면 편한 기분까지 들기 시작한 나는 몸이 불타듯이 뜨거워지는 것을 자각하며 나기사의 놀림을 받아들이기만 했다.

"지금이라면 유토가 원하는 거 뭐든 해 줄 수 있는데?"

요염하게 숨결 섞인 목소리가 내 귓가를 간지럽혔다.

"나기사…… 너무 들뜬 것 같은데……."

"뭐? 그럼 여기서 포기?"

따뜻한 숨결에 녹아버릴 듯한 내 이성이 나기사의 행동을 겨우 저지하려 했으나, 내 포기 선언이라고 알아들은 나기사는 더욱 기분이 좋아진 것처럼 입꼬리를 올렸다.

"평소에 여자아이랑 대화할 일 없는 유토를 위해서……."

귓가에 크게 숨을 마시는 소리가 들려왔다.

"'좋아해'라고 말해 줄까?"

내 귓가에 닿은 달콤한 말이 내 몸을 움찔거리게 했다.

그 반응에 더욱 기분이 좋아진 나기사는 이제 멈추지 않았다.

"응……? 어떻게 할래? 유토의 경험을 위해, 서비스해 줄까 하는데……?"

감기에 걸렸을 때처럼 몸속에서부터 열이 올랐다. 머리에서는 김이 뿜어져 나올 것 같았다.

"대답 없으면 말 안 해 줄 거야. 3…… 2…… 1……."

"잘 생각해 보니 단시간에 두 번이나 산책하는 건 질려."

문을 열며 내키지 않는단 표정으로 혼잣말을 하는 아이다가 시야에 들어왔다.

……그와 동시에 시야가 뒤집히고, 나는 바닥이라는 현실에 떨어졌다.

'뭘 하고 있었던 거지?' 하는 후회와 등의 통증이 한꺼번에 몰려왔다.

……아카리가 몇 분이나 울었던 게 이해될 정도로 아팠다.

"아니! 그게! 이건!"

벌떡 일어나 나를 현실로 돌려놓은 나기사의 얼굴이 단숨에 빨개졌다.

"좀 이상한 분위기에 휩쓸렸을 뿐이야!!"

빨개진 얼굴로 크게 외치는 나기사.

아까의 일을 떠올리며 바닥에 쓰러진 채로 후회, 수치, 어색함, 다양한 감정에 휩싸인 나.

그리고 무슨 일이 일어난 건지 이해 못 한 아이다.

대기실은 혼돈에 빠졌다.

그 후, 나와 나기사 사이에 형성된 미묘한 기류를 풀지 못한 채로 우리는 시험장인 이벤트홀에 도착했다.

누가 봐도 획실히 위화감이 느껴지는 나와 나기사의 물리적인 거리를 아이다가 지적하지 않는 건 배려일까, 아니면 이상함을 눈치채지 못한 걸까…….

접수원이 지정해 준 출연자용 대기실로 향하며, 아까 있었던 일을 떠올리지 않기 위해 그런 의미 없는 생각을 이어 나가고 있는데, 통로 앞에 낯익은 얼굴이 보였다.

"아, 아오이 군이랑 나기사잖아요."

먼저 시험을 마친 무라이가 목에 귀여운 색 수건을 걸고 우리를 알아봤다.

"무라이는 이제 돌아가려고?"

"네. 마침 나가려던 참이었는데 타이밍이 좋았네요."

무라이는 내 뒤에 있는 나기사에게 인사하고, 첫 대면인 아이다에게도 가볍게 끄덕여 인사한 뒤 내게만 들릴 정도의 작은 목소리로 말했다.

"……무슨 일 있었어요?"

"……음. 조금?"

가능하다면 자세히 묻지 않기를 바랐다.

"그보다, 시험은 어땠어?"

"그보다라니……."

상대가 아카리였다면 통했을 억지스러운 화제 변경. 무라이는 어쩐지 걱정스럽다는 표정을 짓다가, 내가 추궁을 원하지 않는다는 걸 깨달았는지 "어어~……" 하며 조금 전 시험을 떠올리는 듯 허공을 바라봤다.

"뭣보다 사람이 많았던 게 가장 인상 깊었어요……. 상상했던 것보다 세 배는 박력이 느껴졌어요. 무대에서 보면."

"호쿠조 유야를 보러 온 사람도 많겠지."

"그렇죠. 긴장하지 않게 마음의 준비를 하는 편이 좋을지도 몰라요."

처음 무대에 오르는 나를 걱정해 주는 듯했다. 그 눈에는 염려가 섞여 있었다.

"고마워. 노력해 볼게."

그 말을 들은 무라이는 작게 끄덕이고, 나기사와 아이다에게 인사한 후 출구로 향했다.

그 뒷모습을 배웅한 다음, 우리는 다시 미묘한 거리를 두고 대기실로 향했다.

출연사용 대기실에 도착한 우리는 짐을 두자마자 곧바로 다른 방으로 안내받았다.

준비실이 남성과 여성으로 나뉘어 있던 탓에 나기사와 아이다와 잠시 헤어진 나는 미용실에서 볼 법한 의자에 앉아, 분주한 메이크업 아티스트 누님에게 화장을 받았다.

가면을 쓰는지라 눈가에는 화장을 할 필요가 없었으나, 진지한 표정의 누님 앞에서 좀처럼 말을 꺼내기가 어려웠다.

그대로 물 흐르듯이 의상까지 착용한 나는 다시 대기실로 돌아왔다.

하루 종일 이 작업만 반복했겠지. 그녀는 엔진 예열이 끝난 것처럼 최고 속도를 내며 모든 일을 처리했다.

프로의 손길을 느끼며 대기실로 돌아오자 대본을 보고 있는 평소 모습의 아이다와 시선이 마주쳤다.

"어머. 느낌 괜찮네."

"고마워……. 나기사는?"

"나는 메이크업이 필요 없어서 먼저 빠져나왔어. 나기사는 아직 준비 중일걸?"

둘이 같이 돌아올 줄 알았는데, 아이다는 나와 다르게 그 분위기 속에서도 할 말을 다 한 모양이었다.

내가 아이다였다면 아마 제대로 메이크업 받은 얼굴로 무대 뒤에서 내레이션을 했을 것이다.

그녀의 대범함에 감탄하며 의상이 구겨지지 않도록 신경 써서 의자에 앉자, 타이밍 맞춰 문이 열렸다.

반짝반짝한 의상.

이 옷을 입은 나기사라면 전에도 봤다.

하지만 오늘은 프로의 화장까지 곁들여져 있다.

동성이었어도 눈길이 갈 것이다. 남성이라면 따로 말할 것도 없었다.

……그래야 하는데.

나도, 아이다도, 나기사의 뒤쪽으로 먼저 시선이 향했다.

"호쿠조…… 유야?"

놀라움과 기쁨이 섞여 떨리는 목소리로 중얼거리는 아이다. 그 목소리를 듣고 나도 모르게 숨을 멈추고 있었던 걸 깨달았다.

"와아~, 미나세한테 인사하러 왔는데 마침 대기실 앞에서 만났지 뭐야~. 타이밍이 좋았어."

목소리를 내도 될지 판단이 서지 않았다. 단지, 예전에 밀착 방송에서 본 모습이 정말로 사적인 모습이었구나 하는, 지금 상황과는 관계없는 생각이 떠올랐다.

"안녕하세요. 호쿠조 유야라고 합니다."

너무나도 잘 아는 그 이름을 소개한 나의 친부는, 빈자리에 앉아 나기사와 잡담을 나누기 시작했다.

동경하는 사람이 눈앞에 있다는 사실을 버티기 힘들었는지, 아이다는 내게 종이와 펜을 건네고는 "사인 부탁해"라는 말을 남기고 호쿠조 유야와 교대하듯이 종종걸음으로 대기실을 나갔다.

나는 손에 종이를 들고 나기사, 그리고 그녀와 잡담을 나누는 아버지에게 번갈아 시선을 보내며 어떻게 끼어들지 고민했다.

아이다에게 내레이터 역할을 의뢰했을 때 분명 호쿠조 유야의 사인을 받아달라는 요청을 받았다. 하지만, 나는 가능하다면 나기사에게 부탁할 생각이었다.

······그런데.

"저도 긴장할 때는 있다구요."

그런 식으로 아버지와 대화하며 내게 시선을 보내곤 곧바로 다시 피한다. 나기사는 아까부터 계속 이런 행동을 몇 번이나 반복했다.

아까 교실에서 있었던 일을 의식하는 나기사에게 제대로 말을 걸 자신이 없었다.

나만이라도 분위기에 휩쓸리지 않았다면 이런 사태는 피할 수 있었을 텐데 하는 후회. 거기에 나 또한 아직 느끼고 있던 어색함이 겹쳐 말을 거는 데에 더 큰 용기가 필요했다. 그 무릎베개의 유혹에 지고 만 건 나였다.

사인을 받을 시도조차 못 한다면 아이다에게 면목이 없다.

애초에 사인을 받을 수 있을 거라고 장담했던 건 나였다.

내 개인적 사정 때문에 이 기회를 놓칠 수는 없었다.

나는 두 사람에게 들리지 않게 작게 한숨을 쉬었다.

"저기! 사인을 받을 수 있을까요……?"

그렇게 말하며 시간 차를 두고 종이와 펜을 내밀었다.

만일 부자 관계란 걸 알고 이 장면을 봤다면 뭐 이런 대화가 있나 싶겠지.

하지만 나기사처럼 아무것도 모르는 사람이 본다면 그저 긴장한 일반인과 유명 배우의 대화로만 보일 것이다. ……아마도.

"그래! 사인 정도야 얼마든지."

팬에게 사인 요청을 받아서인지, 아들에게 처음 불려서인지.

아버지는 어느 쪽으로 해석해도 자연스러운 기쁜 표정을 보이며 내게서 종이를 받아 들었다.

아버지와 대화하던 나기사는 대화 상대인 아버지의 시선을 따라 나를 바라봤지만, 묘하게 나와는 눈을 마주치지 않는 듯했다.

"어어, 아오이 유토 군에게…… 라고 적으면 되려나?"

자연스럽게 나온 내 이름에 조금 심장이 뛰었으나, 생각해 보면 심사위원으로 찾아온 호쿠조 유야가 출연자의 이름을 아는 것은 특별한 일이 아니다.

게다가 자신의 지인인 나기사의 팀 멤버라면 이름을 아는 게 더욱 이상하지 않다.

"아, 아까 나간 여자애가 부탁한 거라…… 아이다 유메라고 적어 주세요."

"그럼…… 유메에게, 라고 적으면 되겠지? 한자는 잘 때 꾸는 꿈 몽(夢) 자로 쓰면 돼?"

끄덕이며 긍정하자, 그는 익숙한 손놀림으로 종이 위에 펜을 놀리며 몇 초만에 사인을 완성했다.

"너는 사인 안 받아도 되니?"

그가 메시지 어플 이모티콘으로 자주 보던 정석적인 웃음을 내게 보였다.

"아~…… 어어."

다른 사람이었다면 사인이 받고 싶었겠지.

아니, 배우 호쿠조 유야에게는 나도 사인을 받고 싶다.

하지만 배우 호쿠조 유야가 아니라 아버지인 호쿠조 유야와 만날 생각이었던 나는 사인용 종이를 가져오지 않았다.

나는 잠시 고민하다가, 가방 안에 들어 있던 대본을 꺼냈다.

사인용 종이가 아니라 시험 준비 기간 동안 계속 가지고 다녔던 것이라, 눈에 띄게 더러운 부분은 없어도 종이가 여기저기 접혀 있었다.

하지만 호쿠조 유야는 전혀 개의치 않고 기쁜 얼굴로 펜을 움직였다.

"유토에게."

상냥한 글씨체의 히라가나로 적힌 사인은 아버지 나름

대로 조용히 애정을 담은 것처럼 느껴졌다.

자연스럽게 머릿속에 떠오르는 엄마와 단둘이 보낸 일상.

딱히 나쁜 일도, 괴로운 일도 없이 살아왔다고 자부했는데, 어쩐지 마음속에 따뜻한 감정이 흘러들어왔다.

지금까지 개념으로만, 단어로만 알고 있었던 아버지라는 존재를 조금 이해하게 된 기분이었다.

"그럼 나는 먼저 돌아갈게. 여기 놀러 온 걸 알면 혼날 거야."

아버지의 장난스러운 말에 나도 모르게 작게 웃음을 흘렸다.

그걸 만족스럽게 바라본 호쿠조 유야는 "그럼 시험, 기대할게"라고 말하며 대기실을 나갔다.

난 대본에 적힌 글자를 몇 초 내려다보다가, 망가지지 않도록 조심히 가방에 돌려놓았다.

돌아가면 엄마한테 뭐라고 말할까.

몇 분 내로 이동해야 하는데도 불구하고 내 정신은 시험이 아닌 다른 곳에 향하고 말았다.

그래서일까.

눈치채지 못한 것은.

"……저기."

진지한 얼굴로 스마트폰을 바라보던 나기사가 작은 목소리로 나를 불렀다.

슬슬 무릎베개 사건에서 벗어나기 시작했나.

시험을 위해서도 슬슬 평소 분위기로 돌아가고 싶었다. 내가 애써 분위기를 풀지 않아도, 나기사는 시험이 시작하면 제대로 연기에 몰입할 타입이지만.

"왜?"

그런 생각을 하면서, 나는 평정심을 가장하며 대답했다.

"이거, 봐 봐."

그렇게 말하며 그녀가 내게 내민 스마트폰 화면에는 상당히 예전에 찍힌 호쿠조 유야의 사진이 있었다.

……내가 태어나기 전, 아이돌처럼 활동하던 시기.

"이게 왜?"

사실은 심장이 시끄러울 정도로 크게 뛰었지만 필사적으로 아무렇지 않은 척했다.

"닮은 것 같지 않아?"

"누구랑?"

"너랑."

흥미가 없는 척하기 위해, 나는 의자 등받이에 등을 묻고 크게 기지개를 켰다.

"끄응~…… 내가 봐선 모르겠는데. 아이다도 그렇게 말했던 걸 보면 진짜 닮았나?"

"나도 처음 봤는데, 닮았어."

"흐음~…… 그건 고마운 소리네."

여기서 부디 이야기가 마무리되길 바랐으나, 이 화제는 계속 이어졌다.

"나, 아역일 때 유야 씨랑 같은 작품에 출연한 적 있었어. 딸 역으로."

"어렴풋이 기억나는 것 같다. 엄마가 예전에 얘기해 줬거든."

어렴풋하지 않다.

아버지가 출연한 드라마와 영화는 전부 봤다.

배우 호쿠조 유야를 보기 위해 드라마를 보던 내가, 그 드라마의 아역이 나기사였단 점을 깨달은 건 얼마 전이었다.

"그때, 나는 이 사람한텐 평생 이기지 못하겠다고 생각했거든. 진짜 아빠처럼 상냥한 눈빛도, 스태프에게 가볍게 혼난 나한테 몰래 과자를 준 것도, 진짜로 딸을 사랑하는 아빠처럼 느껴져서……."

그리운 과거를 떠올리면서도 그녀의 시선은 내게 고정되어 있었다. 내가 시선에서 벗어나는 걸 허용하지 않았다.

"나도 몇 년이나 이 연예계에서 지내왔거든. 이 사람은 연기 중이구나, 이 사람은 진심이구나, 그런 건 남보다도 잘 알아챌 자신이 있어."

스마트폰을 든 손이 어느샌가 작게 떨리더니 천천히 아래로 향했다.

"왜……."

나기사의 목소리가 떨리기 시작했다.

"……왜 그때 내가 봤던 시선이, 태도가…… 진짜 아버지의 감정이 유토에게 향하는 건데……?"

말이, 나오지 않았다.

"왜 아무 말도 안 해 준 거야?"

나기사는 알아챈 거겠지. 도달하고 만 거겠지.

가장 존경하는 사람이 말했던, 자신을 괴롭히고 고뇌하게 만들었던 '재능을 지닌 아이'의 정체가 나일 가능성에.

이런 상황에서도 부정의 말이 순간적으로 떠올랐으나, 나는 머릿속 어딘가에 있을, 이 상황을 벗어날 수 있는 최선책을 찾고 만다.

그런 나를 보고 나기사는 더욱 슬픈 표정을 지었다.

"사인 받았어?"

최악이자 최고의 타이밍에 돌아온 아이다도 평소와 다른 기류를 느꼈는지, 수상하단 얼굴로 나와 나기사를 번갈아 바라봤다.

"……무슨 일 있었어?"

눈물을 참는 듯한 얼굴이던 나기사는 작게 고개를 저었다.

"……아니. 아무것도 아니야. 슬슬 나가자."

그렇게 말하며 나기사는 아이다의 옆을 지나 대기실을 나갔다.

아이다는 내겐 보이지 않는 나기사의 뒷모습을 걱정스러운 표정으로 바라봤다.

"……괜찮아?"

내게 시선을 옮긴 아이다가 물었다.

그 질문에 끄덕이는 것조차, 나는 하지 못했다.

"뭐 하는 거야…… 나는."

그저, 어찌할 수 없는 후회가 나를 덮쳤다.

◆ ◆ ◆

예전에 퀴즈 계열 예능 방송에 출연했을 때, 사람은 분노의 감정이 생겨난 후 6초가 지나면 다시 냉정해지기 시작한다는 걸 배운 적이 있다.

"~~!!"

유토의 기분도 생각하지 않고 대기실을 뛰쳐나와 무대 뒤쪽으로 오기까지 걸린 시간 1분. 그건 내 마음을 후회로 채우기엔 충분한 시간이었다.

"저…… 미나세? 괜찮아?"

무대 뒤 출입구 앞에 풀썩 쪼그려 앉자, 몇 번인가 수업에서 본 적 있는 선생님이 나를 걱정하며 말을 걸었다.

"조금 긴장한 것뿐이에요. 괜찮아요."

"그래……? 미나세도 긴장하는구나. 괜찮아, 파이팅!"

예능과 학생들에게 평판이 좋은 선생님은 상냥하게 웃어 보이며 나를 격려한 후, 분주한 발걸음으로 다른 스태프를 찾아 떠났다.

시험 준비로 바쁜 와중에도 내 상태를 알아채고 말을 걸어 준 듯했다.

"……아."

선생님에게 감사함을 느끼며, 그 응원에 부응하기 위해서라도 다시 한번 시험에 의식을 집중하는 사이. 출입구의 문이 열리고 유토와 아이다가 들어왔다.

"저기…… 미안."

나와 눈이 마주치고는 면목 없다는 듯 시선을 돌린 유토가 사과를 입에 담았다.

"……왜 사과하는 거야."

나도 사과해야 하는데. 쌀쌀맞은 대꾸를 해 버렸다.

……아카리처럼 귀여운 성격이었다면, 나도 좀 더 솔직하게 사과할 수 있었을까.

"……미안."

전부 자기 책임이라고 생각하는 듯한 얼굴의 유토가 다시 사과를 입에 담았다.

조금만 생각해 보면 유토가 말하지 못한 이유도 알 수 있었다. 그리고 나는 연기 선배로서 그 의도를 알아채고 유토가 무대에 집중할 수 있도록 환경을 조성해 줘야 했다.

나쁜 건…… 전부…….

"얘들아."

무대에 서지 못할 정도로 어두운 사고에 빠져들 뻔하던 타이밍에, 우리 둘 사이에 선 아이다가 기도하는 듯한, 절실한 목소리로 우리의 손을 잡았다.

"힘내자…… 알았지?"

그렇게 말하고는, 서둘러 무대를 준비하는 스태프 쪽으

로 뛰어갔다.

"……가면, 써야지."

우리를 진심으로 걱정하며 말해 준 아이다에게 용기를
나눠 받아, 오른손에 가면을 들고만 있는 유토에게 말을
걸 수 있었다. 깜빡하고 있었는지 그가 서둘러 가면을 착
용했다.

하지만 허둥대는 탓에 고정 끈이 평소보다 느슨했다.

"……너 말이야."

그 끈을 다시 묶어주기 위해 뻗은 손은, 준비를 재촉하
는 스태프의 목소리에 멈추고 말았다.

서둘러 자기 자리로 향하는 유토의 뒷모습을 바라보며,
조금 불안한 마음이 남은 채로 시험이 시작되었다.

무대의 막이 오르며 울리는 버저 소리.

우리를 맞이하는 관객의 박수.

막이 오르자마자 내게 스포트라이트가 닿았다.

"아― 지루해! 오늘도 난 여기서 혼자 지내야 해?"

신분 탓에 태어날 때부터 쭉 성 안에서만 지내왔다는 설
정의 건방진 말괄량이 공주가 방에서 외치는 장면으로 연
극은 시작된다. 곧이어 유토가 연기하는 기사가 공주의 방
에 들어온다.

솔직히 조금 전 있었던 일 때문에 유토의 퍼포먼스에 영

향이 생기지 않을까 하는 걱정은 있었다.

"국왕 폐하의 말씀대로군……."

유토의 대사와 동시에 스포트라이트가 하나 더 추가되자, 객석과 심사 위원석에 묘한 긴장감이 흘렀다.

기대, 흥분, 다양한 감정이 섞인 긴장감. 그건 물론 내게도 전해졌고, 나는 이 감각을 확실히 알고 있었다.

"제법 활기찬 공주님이야."

각 잡힌 기사복을 입고 있는데도 힘 빠진 움직임, 느긋한 말투, 입가에 걸린 여유로운 미소가 신선한 인상을 만들어 냈다.

자기라는 존재를 사용하는 법, 보여주는 법을 완전히 이해한 듯한 연기. 그에 내가 무대 바로 앞 심사 위원석에 앉은 호쿠조 유야를 겹쳐 본 것은 필연적인 일이었다.

조금 흥분한 나를 차분하게 만들어 주는, 연습 당시의 퀄리티를 착실히 유지해 주는 아이다의 내레이션과 함께 이야기가 시작되었다. 그리고 두 사람의 관계성은 점차 변화한다.

"네 태도는 마음에 안 들지만, 너랑 같이 있으면 마을로 나갈 수 있다는 거지?!"

"물론. 내가 같이 있으면 위험할 일이 없으니까."

평소, 작품의 완성도를 우선하는 유야 씨는 주변 연기자를 압도하는 연기는 하지 않는다. 하지만 무대에 처음 선 유토는 그런 생각을 하지도 못하고 풀 액셀 모드였다.

……조금 재밌는 것 같기도 해.

시험의 주역은 나인데도, 어느샌가 연기를 시작한 지 한 달도 되지 않은 남자애가 주역을 빼앗아 가려 하고 있다. 그 상황에, 내 입꼬리가 자연스레 올라갔다.

아마 라이벌이란 건 이런 걸 말하는 거겠지. 지고 싶지 않은, 그런 존재.

"만일 무서운 일이 생기면 눈을 감고 내 뒤에 숨어 있어."

그리고, 어째서인지 유토가 대사를 내뱉을 때마다 관객석에서 호응 소리가 들리기 시작했다. 주로 여성의 목소리였다.

"정말, 묘하게 짜증 나는 녀석이야!"

캐릭터의 입장 이상의 감정이 섞인 말이 장내에 울려 퍼지고, 두 사람은 마을로 내려간다.

그 후엔, 마을을 산책하며 바깥 세계를 알게 된 공주님이 기사와 앞으로의 일정을 이야기하는 장면만이 남았다.

분수 앞에 있는 의자에 나란히 앉아, 어느샌가 닿아 있던 손을 의도적으로 깊이 포개며 지금까지 성에서 내려다보기만 했던 행인들을 가까이에서 바라본다.

"정말, 내가 모르는 것들로 가득하네. 세상은."

시험이, 곧 끝난다.

"앞으로도 다양한 것들을 알아가면 되잖아?"

내게 지지 않는…… 아니, 나보다 커진 존재감을 계속 유지하며 유토가 자신의 마지막 대사를 마쳤다.

지금도 즐거운 얼굴로 심사 위원석에 앉아 있는 유야 씨가 했던 말은 틀림이 없었다.

재능을 지닌 아이. 처음부터 예능과에 없었으니 찾을 수 있을 리가 없었다.

"굳이 말 안 해도 그럴 생각이었어! 내일도 나를 잘 지키도록!"

"원한다면, 내가 앞으로도 계속 지켜줄까?"

내 대사를 마치면 아이다의 내레이션으로 끝날 예정이었는데, 유토가 애드리브를 집어넣었다. 그것도, 오늘 중 관객의 반응이 가장 클 듯한 대사로.

아이다도 무슨 일이 생겼는지를 알아채고 내 리액션을 기다려 준다.

……그리고. 마침 그 타이밍에 유토의 맨얼굴을 심사 위원과 관객의 시선으로부터 감춰주던 가면이 벗겨졌다.

손이 닿은 걸까, 아니면 시간이 지나 끈이 풀린 걸까. 신의 장난처럼 벗겨진 가면 때문에 유토가 굳어 버렸다.

"네가 지키고 싶다면 원하는 만큼 지키게 해 줄게. 앞으로도, 계속."

언젠가 가면이 벗겨질지도 모른다고 예상했던 나는 애드리브를 되돌려주며 유토의 얼굴에서 떨어지는 가면을 공중에서 잡아챘다. 그리고, 눈을 크게 뜬 유토의 얼굴을 끌어당겼다.

이걸로 무대 밖에 있는 사람들에겐 가면에 감춰져 있던

유토의 얼굴이 보이지 않겠지.

이후엔 아이다의 내레이션이 이어질 수 있도록 깔끔하게 엔딩을 내면 된다.

그런 건 간단하다. 러브스토리의 엔딩은 거의 정해져 있다.

나는 가면 때문에 굳은 유토를 바라보며, 마이크에도, 유토의 귀에도 들리지 않을 정도의 음량으로 속삭였다.

"지금은…… 내가 지켜줄게."

◆ ◆ ◆

가면이 벗겨진 것을 알아챔과 동시에 울린, 막이 내려가는 것을 알리는 버저 소리. 그와 동시에 다가온 나기사의 얼굴.

"바보……. 잘 썼어야지……."

환성과 박수 소리 속에서 막이 내려가고, 관객의 시선이 사라진 벤치에서 나기사의 얼굴이 천천히 떨어졌다.

나기사의 오른손에 들린 여우 가면을 본 순간, 그녀가 관객의 시선으로부터 날 가려줬다는 것을 알아챘다.

거기에 이야기에 어우러지는 연출까지 가미하며.

"내려가자. 여기 있으면 방해될 테니까."

그 말을 듣고 주변을 둘러보니 스태프들이 시험에 사용된 도구를 정리하기 시작하는 게 눈에 들어왔다.

벤치에서 일어선 나기사는 스태프들에게 인사하며 무대 밖으로 나갔다.

멀어지는 뒷모습을 바라보며, 아까 무슨 일이 일어났는지를 확인하듯 손을 입술에 가져다 댔다.

확실히, 무언가가 닿은 느낌이었다.

부드러운 무언가.

지금까지와는 비교가 되지 않을 정도로 가까이 다가온 나기사의 얼굴. 그와 동시에 입술에 닿은 부드러운 감촉.

그것들이 자연스럽게 끌어낸 대답에, 몸이 멋대로 뜨거워졌다.

"괜찮으세요……?"

벤치 위에서 굳은 내 의식을 현실로 돌아오게 해 준 스태프는 이상하다는 눈빛으로 나를 바라보고 있었다.

나는 그 사람에게 가볍게 고개를 끄덕여 인사한 후, 서둘러 무대에서 내려갔다. 그리고 나를 기다리고 있었던 듯한 메이크업 아티스트 누님에게 붙잡혔다.

오전부 시험이 끝나서인지, 아까보다 차분한 모습의 어른들에게 의상을 반납했다. 대기실로 돌아오자, 나보다 먼저 작업을 마친 듯한 나기사와 눈이 마주쳤다.

"……수고했어."

시험 전 아버지의 일. 시험 마지막의 키스. 그것들을 의식한 내 입에선 평소보다 어색한 대답이 흘러나왔다.

"……응."

나기사도 비슷한 생각 중인지, 무뚝뚝하게 대답한 후 나와 마주쳤던 시선을 돌렸다.

나기사의 대각선 자리에 앉은 나는 벽에 걸린 시계에 멍하니 시선을 뒀다.

"……."

"……."

아무도 입을 열지 않고, 초침이 움직이는 소리만이 대기실에 울려 퍼졌다.

……아이다가 돌아와 주면 이 어색함도 조금은 나아질 텐데…….

1초라도 빨리 아이다가 돌아오기를 바라며 어색한 정적을 넘기기 위해 나는 가방에 든 물병을 꺼냈다.

"……저기."

나기사의 목소리가 들려와, 딱히 목이 마르지 않았던 나는 손을 멈췄다.

"아까 있었던 일 말인데……."

내 반응을 살피듯 시선을 보내는 나기사의 눈에는 불안한 기색이 떠올라 있었다.

하지만 내 머릿속엔 하나의 의문이 떠올랐다.

"그…… 어떤 일 말하는 거야?"

"……유야 씨의 일 말이야."

매우 당연하다는 듯한 말투였지만, 부자연스럽게 시선을 돌리며 목소리도 조금 높아졌다. 나기사도 키스를 의식하고 있는 걸까.

"뭐…… 그게, 미안. 정말로 널 믿지 못해서 그런 건 아니야."

물론 그런 사실을 밝힐 수 없었던 나는 나기사에게 사과했다.

애초에 나기사가 이곳에 진학하기로 한 이유는 호쿠조 유야의 말 때문이었다. 그런데 그가 지칭한 대상인 내가 그것을 감추고 있었고, 중요한 시험 직전, 최악의 타이밍에 밝혀졌다.

나기사가 화나는 것도 당연하다. 다시는 나와 대화하지 않겠다고 해도 어쩔 수 없는 일이다.

"아니! 사과할 건 나야……."

내 예상과 다른 말을 꺼낸 나기사는 면목이 없단 얼굴로 시선을 이리저리 옮겼다.

"조금만 생각해 봐도 그런 사실을 밝힐 수 없다는 건 이해할 수 있는데, 무대에 오르기 전에 분위기를 망치는 건 금기 사항인데, 그때 나는…… 그게……."

나기사는 거기서 말을 멈추고 부끄럽다는 듯이 내 주변으로 시선을 방황시킨 후, 책상에 엎드렸다.

"……아, 정말—! 뭐라고 해야 하지……."

발을 동동거리며 바닥을 때리는 소리가 들려왔다.

어째서인지 나보다 더 혼란스러워하는 나기사에게 뭐라고 말해야 할지 고민하던 타이밍에, 대기실 문을 두드리는 소리가 들려왔다.

"……."

아이다가 작게 문을 열고 문틈으로 신중히 안쪽을 들여다봤다.

"어어…… 어서 와?"

뭐라고 말해야 정답인지 모르겠지만, 일단 아이다에게 인사하며 그녀를 맞이했다.

아이다의 이유 모를 행동이 당황스러웠지만, 일단 책상에 엎드려 팔 아래로 문 쪽을 바라보는 나기사에게 시선을 보냈다.

이 이야기는 여기서 멈추는 게 좋을까. 아니면 아이다에게도 말해두는 편이 좋을까.

하지만, 나는 이미 아이다가 눈치채려 했을 때 흐지부지 넘겨 버린 전적이 있다. 그리고 무엇보다 아이다가 품고 있는 호쿠조 유야의 이미지에 금이 갈지도 모른다.

"아직 싸우는 중이니……?"

두 선택지 중에서 고민하고 있자, 문 뒤에서 몸을 빼꼼 내민 아이다가 조심스럽게 물었다.

내가 나기사를 화나게 만든 것 때문에 아이다가 대기실에 돌아오기 불편했던 거라면 면목이 없다.

그런 생각을 하며 일단 고개를 가로저었다.

"정말? 미나세가 울고 있는 것 같은데……."

"안 울어!"

"그러면 다행이고."

울었다고 오해받는 게 싫었는지 나기사가 벌떡 일어나 울지 않았다고 주장했다. 아이다는 놀라지도 않고 안심한 표정을 지었다.

"그래서…… 아까 두 사람한테 무슨 일이 있었는지 너무 신경 쓰여서 계속 생각했는데 말이야……."

몸을 빼꼼 내민 채로 어색하게 시선을 방황시키던 아이 다는 결심한 얼굴로 문을 활짝 열었다.

"두 사람한테 직접 물어볼 수밖에 없단 생각이 들어서 돌아왔더니…… 그게, 와 계셔서."

그렇게 말하며 아이다가 시선을 보낸 곳에는, 미안하단 표정의 호쿠조 유야가 서 있었다.

그대로 아이다와 함께 대기실에 들어온 아버지는 어색 하게 내 옆에 앉았다.

"그게, 엿들을 생각은 아니었는데 말이야……."

나와 나기사를 번갈아 보며 미안하단 시선을 보내는 아 버지는 아마 알아챈 듯했다.

나기사에게 들켰다는 것을.

"시험 이야기도 포함해서, 여기서 말해도 될지를 먼저 물어보고 싶은데."

아이다에게 알려도 되는지를 묻는 거겠지.

내용을 얼버무리며 묻는 아버지의 시선은 내게 고정되 어 있었다.

내 정면에 앉은 아이다는 긴장해서인지 허리를 꼿꼿이 세우고 우리 셋 사이로 시선을 이리저리 옮겼다.

"나는…… 말하고 싶, 어요. ……친구로서."

옆에 앉은 아버지를 똑바로 바라보고, 존댓말을 유지하며 그렇게 말했다.

"미나세는 알고 있을 거라 생각하지만 나와 아오이 유토는 부자 관계야. 피가 이어진."

내 말을 듣고 만족스러운 듯이 고개를 작게 끄덕인 아버지는 망설이지도 않고 가벼운 말투로 그렇게 말했다.

그와 동시에 아이다가 손에 들고 있던 물병이 바닥에 떨어지는 소리가 대기실에 울려 퍼졌다.

"죄, 죄송합니다……!"

사과하며 물병을 주우려던 아이다는 책상에 머리를 부딪혔다.

"읏—!!"

책상에서 커다란 소리가 났기에 얼마나 아플지는 어느 정도 예상이 가능했다.

눈에 띄게 동요하는 아이다가 재밌었는지, 아니면 말을 끊은 점을 신경 쓰지 않도록 배려해 준 건지, 아버지가 작게 웃었다.

"아까 유메가 신경 쓰던 두 사람의 불화는 내가 원인이었을 거야. 미안."

사과하며 머리를 숙인 아버지. 아무 말도 없이 대화를

듣기만 하던 나기사가 당황한 표정으로 일어났다.

"아뇨……! 잘못은 제가……!"

나기사의 말에 고개를 든 아버지는 나기사와 눈을 마주치고 고개를 가로저었다.

"고등학생 아이를 둔 지인이 사춘기 아이와 어떻게 소통해야 할지 몰라서 고민하던 이유를 이제 알았어. 참견도 정답은 아니네."

그렇게 말하며 볼을 긁은 아버지는 머쓱하게 미소 지었다.

"배우로서 쌓은 경험치로 여기 왔지만, 아버지로서는 전혀 경험치가 없었나 봐."

"죄송해요…… 제가 그때 감정에 휩쓸리지만 않았다면 이런 일 없었을 텐데……."

면목이 없다는 듯 어깨를 늘어뜨리는 나기사를 보고 아버지는 작게 웃었다.

"아냐. 이건 유토와 만나고 싶은 마음을 못 참은 내가 잘못이지……. 원래는 이 아이가 태어날 때 은퇴할 예정이었으니, 언제 밝혀지든 상관없었어."

그는 그런 말을 하며 내게 시선을 보내더니 한 손을 들었다.

몇 초간 뭔가를 주저하듯이 허공에서 움직이던 손이 내 머리 위로 와 닿은 후에야 깨달았다.

긴장한 것이다. 어떤 현장에서도 태연한 얼굴로 일을 해내는 호쿠조 유야가. 남고생 한 명의 머리를 쓰다듬으려다가.

그걸 이해한 순간, 나도 모르게 웃음이 흘러나왔다.

갑자기 웃음이 터진 나를 의아하단 눈으로 바라보는 나기사와 아이다. 그리고 부끄러운 듯이 눈을 피하는 아버지.

"뭐, 이걸 기회 삼아 공표해도 나쁘지 않으려나⋯⋯."

"그건 참아 줘. 주목받기 싫기도 하고⋯⋯ 나는 TV에서 활약하는 멋진 아버지를 계속 보고 싶기든."

놀랄 정도로 자연스럽게 나온 아버지란 단어에, 아버지도 쑥스러운 듯 머리를 긁적였다.

"하나뿐인 아들이 그렇게 말한다면 어쩔 수 없지."

작게 웃으며 그렇게 말한 아버지는 벽에 걸린 시계를 보고 일어섰다.

"그럼 나는 슬슬 돌아갈게. 그리고⋯⋯."

문으로 향한 아버지는 문고리에 손을 올리고 뒤돌아 나를 바라봤다.

"부자끼리 함께 연기하는 건 언제든 환영이야."

농담인지 본심인지 모를 말을 남기고 그는 대기실에서 나갔다.

적어도 내게는 본심처럼 들렸는데⋯⋯.

아버지가 나간 후, 대기실에는 묘한 정적이 흘렀다.

아마 둘 다 입을 열 타이밍을 재고 있는 듯했다.

"가능하다면 나와 아버지 일은 비밀로 해 줬으면 하는데⋯⋯."

내가 먼저 그 정적을 깨면서 중요한 것을 확인해 뒀다.

"나는 상관없지만……."

딱히 고민하는 기색도 없이 바로 대답한 나기사의 시선은 옆에 앉은 아이다에게 향했다.

"나도 상관없어…… 조금 부담되는 비밀이긴 하지만……."

위가 아파진다는 건 이런 거였구나…… 하고 중얼거리며 배를 문지르는 아이다를 보니 조금 미안한 기분이 들었다.

◆

그날 밤. 이번에도 나는 전혀 모르고 있었던 시험 종료 기념 파티를 우리 집에서 마치고 아이다와 무라이를 배웅했다. 그리고 딱히 귀가 시간 제한이 없는 나기사와 아카리는 내 방에서 평소처럼 각자 시간을 보내는 중이다.

"……."

"아카리? 시작했는데?"

"……아, 미안."

평소처럼 게임패드를 쥐고 온라인 대전을 시작해 놓고 멍하니 있는 아카리.

이건 방금 시작된 증상이 아니었다. 파티 도중에도 중간중간 허공을 바라봐서 무라이가 걱정했을 정도였다.

"……나기사. 뭔가 할 말 있어?"

"아, 아니!"

그리고 그건 이쪽도 마찬가지다. 평소처럼 책장에서 만

화책을 가져와 놓고는 만화는 보지 않고 계속 나를 흘끔흘끔 쳐다보는 나기사.

약 30분 정도 같은 페이지를 펼친 상태였다. 얼마나 명장면이길래 30분이나 보는 거야.

"······시험 끝나고 막이 내린 후에 앞자리에 앉아 있던 사람들이 얘기했는데 말이야."

어느샌가 게임패드를 내려놓은 아카리가 무릎을 끌어안고, 고양이가 바닥에 쓰러져 패배한 게임 화면을 멍하니 바라보며 작게 말했다.

"마지막에······ 진짜 했어? 키스."

패배 시에 흐르는 게임 BGM만이 흐르는 조용한 실내.

시야 구석에 비친 나기사가 그 말을 듣고 만화책을 자기 배 위에 떨어트렸다.

"해, 했······나? 했던가?"

조금 볼을 붉히며 흘끔흘끔 내게 시선을 보내는 나기사.

"나도 모르겠는데······ 입술에 뭔가 닿는 감촉은······ 있긴 했어."

"······그럼 아마, 그렇게 된 거겠네······ 나도, 있었고."

만화책을 놓치는 바람에 시선을 둘 곳이 없어진 나기사는 디지털 시계에 눈을 고정하고는 "······그래도!" 하고 말을 이어 나갔다.

"거리 계산을 실수한 것뿐이야! 실은 바로 직전에 멈출 생각이었어! 일부러 한 게 아니야!"

"그건 나도 알아. 그건 고마워."

얼굴을 새빨갛게 물들이며 설명하는 나기사를 보고 반대로 차분해진 나는 솔직하게 감사 인사를 전했다. 애초에 그건 내 실수를 나기사가 커버해 주려다가 일어난 사고였다. 원인은 내게 있다.

하지만 자기와는 반대로 차분한 나를 보고 발끈했는지 나기사는 입술을 삐죽이며 삐진 표정으로 내게 불만스러운 시선을 보냈다.

"애초에 그건 연기였잖아. 무대 위에서 키스하는 건 그냥 연출이야. 사적인 스킨십이랑은 다르다구. 유토가 특별하다고 오해하진 말았으면 좋겠어."

"……오해는 안 했는데."

"그보다 그냥 잊어!"

나기사는 그렇게 말하며 내게 베개를 던진 후, 화를 표현하려는 건지는 모르겠지만 귀엽게 콧소리를 내며 고개를 돌렸다.

"진짜…… 잊으라구…….."

한 번 더 중얼거리며 만화책을 놓쳐서 빈 오른손으로 감촉을 확인하듯이 제 입술을 건드리는 나기사.

……볼을 붉히며 그런 행동을 보이면 잊으라고 해도 잊을 수 없다.

"……나, 집에 갈게."

그 일련의 대화를 듣고 있던 아카리는 갑자기 자리에서

일어나더니, 유일한 짐이었던 스마트폰을 챙겨 들고 방을 나가려 했다.

"앗! 잠깐. 나도!"

그리고 아까부터 방에 흐르는 묘한 분위기에서 벗어나고 싶은 건지, 아니면 지금 나와 단둘이 남는 게 싫은 건지, 나기사도 서둘러 아카리의 뒤를 쫓아 방에서 나가려 했다.

하지만 나기사의 스마트폰은 내 침대 위에 놓여 있었다.

"나기사."

나는 서둘러 방을 빠져나가려는 나기사의 손을 잡았다. 그런데 이걸 단둘이 남고 싶다는 의미로 오해한 걸까, 나기사는 새빨개진 얼굴로 부끄럽다는 눈길을 보냈다.

"앗, 그게, 아, 그렇게 서두르지 않아도 된다고 해야 하나, 아직 씻지도 않았고, 딱히 잊지 않아도 되니까 오늘은 그냥 넘어가 줬으면 좋겠다고 해야 하나……."

"아무 짓도 안 해……. 스마트폰, 가져가라고."

그렇게 말하며 나기사의 손에 스마트폰을 쥐여 주자 그녀는 김빠진 얼굴로 "고마워……"라고 감사 인사를 전했다.

배웅하기 위해 현관까지 따라갔다간 또 이상한 오해를 받을 것 같아서 나는 그대로 나기사에게 인사를 건넸다. 그리고 마침 타이밍 맞게 복도로 나온 엄마와 두 사람이 대화하는 소리가 들려왔다.

대화는 길게 이어지지 않았고, 1분도 지나지 않아 현관문이 열리는 소리가 들렸다.

"……."

조용해진 방 안에서, 나기사가 입술에 손을 올리던 모습을 멍하니 떠올렸다.

그와 동시에 떠오른 것은 시험 도중에 느낀 흥분과, 내가 실수했단 점을 깨달았을 때의 당황. 그리고 그 직후에 닿은 나기사의 부드러운 입술.

"……잊자."

나기사의 얼굴과 그 감촉을 동시에 떠올리면 안 될 것 같은 기분이다.

스스로에게 당부하듯이 중얼거린 후, 나는 침대 위에 놓인 만화책을 책장에 돌려놓고 게임기를 정리하기 위해 게임 패드에 손을 뻗었다. 그런데 그때 방문이 열렸다.

"아카리한테 무슨 일 있었어?"

엄마가 조금 불안한 표정으로 방에 들어왔다.

"글쎄……. 아까부터 그랬는데 물어보면 실례일 것 같아서 못 물어봤어."

"그래……? 오렌지 주스가 아니라 차를 마시는 것도 그렇고. 꽤 심각한 일이 있었던 것 같은데……."

이상한 판단 기준으로 상황의 심각성을 따진 엄마는 걱정스러운 표정을 지으며 방에서 나갔다.

모두가 귀가한 후 두 시간 정도 흘렀을까.

스마트폰이 진동하며 무언가가 도착했다는 사실을 알렸다.

〈지금 집에 가도 돼?〉

아카리의 메시지였다.

〈이런 늦은 시간에? 나야 상관없긴 한데.〉

스마트폰 화면 위에 표시된 시각은 오후 10시를 조금 넘겼다.

내가 보낸 메시지엔 바로 읽음 표시가 떴다.

아카리도 내가 거절하지 않을 줄 알았겠지. 읽음 표시가 뜨고 몇십 초도 되지 않아서 현관문이 열리는 소리가 났다.

현관에서부터 이어진 아카리의 발소리는 평소보다 빠른 속도로 내 방문 앞까지 다가왔다.

"무슨 일이야? 갑자기——."

갑자기 찾아온 소꿉친구를 맞이하기 위해 방문을 열자 천천히 안으로 들어온 아카리가 그대로 침대에 쓰러졌다.

"……열나는 것 같은데?"

"……방금 씻고 나왔거든."

"그렇군."

평소와 다른 소꿉친구의 분위기와 행동에 나는 굳이 이

유를 묻지 않고 평소처럼 사소한 대화를 나눴다.

"……물어봐도 돼. 아니, 물어봐."

하지만 내 판단이 틀렸던 모양이다.

"무슨 일 있었어?"

아카리의 요청대로 물어보자, 그녀는 고개를 돌려 내 가슴팍에 얼굴을 묻으며 중얼거렸다.

"나, 오늘 좀 이상했지?"

"……조금."

"실은?"

"꽤 이상했어."

아카리를 생각해서 순화했으나, 아카리는 전부 꿰뚫어 본 듯했다.

"역시" 하며 살포시 웃은 아카리는 숨을 한 번 내쉬고는 다시 작게 입을 열었다.

"……어릴 때부터 계속 같이 지냈던 소꿉친구가 눈앞에서 친구랑 키스하는 걸 보면…… 이상해질 만도 하다구."

그 말을 듣고 아카리가 이상했던 이유를 깨달음과 동시에, 자연스럽게 머릿속에 아카리와 소마가 키스하는 구도가 떠올랐다.

……진짜 싫다.

"……둘한테 키스했냐고 물어보긴 했지만, 묻기 전부터 어느 정도는 예상하고 있었어. 둘 다 뭔가 평소랑 달랐으니까."

"미안. 내가 좀 더 신경 썼으면 그런 일 없었을 텐데."

애초에 내가 그때 제대로 가면을 착용했다면 시험 자체
는 문제없이 무사히 끝났을 것이다.

"그건 아버지랑 내 사정을 안 나기사가 내 비밀을 지키
려고 해 준 거였어."

"나기사한테도 말한 거야? 유야 씨에 관해서."

"응. 좀 여러 일이 있어서."

우리 사이에 있었던 불화를 숨긴 채로 말하자 아카리는
쓸쓸하단 얼굴로 "그렇구나" 하고 중얼거렸다.

"내 소꿉친구 특권, 하나 사라진 거구나……."

"뭐야. 소꿉친구 특권이란 게."

"으응~……?"

아카리는 부드러운 목소리를 내고는 잠시 생각하듯 말
이 없었다.

"……유토. 머리 쓰다듬어 줘."

"갑자기?"

당황했시만 가슴께에 있는 소꿉친구의 머리를 쓰다듬었다.

"이런 게 소꿉친구 특권이야."

"그렇군."

확실히, 아카리 말고 다른 사람이 머리를 쓰다듬어달라
고 한다면 뭔가 속셈이 있는 게 아닌지 의심부터 하겠지.

그런 묘하게 납득되는 대화를 끝으로 대화가 잠시 끊겼다.

내게 전해져오는 건 아카리의 숨소리뿐.

"……만일 유토한테 여자친구가 생기면, 나는 계속 소꿉

친구로 있을 수 있을까?"

조금 떨리는 목소리로, 아카리가 물었다.

"……그 키스는 그냥 사고였고, 사귀는 사이가 된 건 아니야."

아카리가 상상하고 있을 미래를 부정했다.

"나기사가 아니더라도…… 우리는 소꿉친구로 계속 남을까?"

무슨 생각으로 그런 말을 꺼내는지는 모르겠다. 다만 나는 아카리가 안심할 수 있도록 그녀의 손을 잡았다.

"소꿉친구라는 관계는 바꾸고 싶어도 바꿀 수 없잖아."

그 말을 들은 아카리는 꿈질꿈질 움직이더니 내 왼쪽 어깨에 얼굴을 올리고 내 목에 팔을 둘렀다.

"……너무 많이 변하진 말아 줘."

귓가에 그렇게 속삭이는 아카리의 모습에, 조금 간지러운 감정을 느꼈다.

"사람은 그렇게 간단히 변하지 않아."

그렇게 대답하자 "그럴지도 모르지"라며 조금 웃음 섞인 대답이 돌아왔다.

"……."

"……."

그 후, 대화 없이 끌어안은 자세로 서로의 체온과 심장 고동만을 느끼는 상황이 잠시 이어졌다.

"……그러고 보니, 어때? 샴푸 바꿔 봤는데."

아까부터 코를 간지럽히는 라벤더 느낌의 상냥한 향기.

저번 일이 생각나서 신경 쓰지 않으려 했으나, 아카리의 말을 듣고 후각에 의식이 쏠렸다.

"……좋은 향기네."

무슨 대답을 해야 기분 나쁘지 않을까. 무슨 대답을 하든 어려울 것 같았다.

"유토가 좋아하는 향기야?"

"……딱히 내 취향은 상관없지 않아?"

귓가에서 나를 몰아붙이는 소꿉친구 때문에 체온이 올라가는 것이 느껴졌다.

"좋아?"

어떻게든 얼버무리며 도망치려 했으나 아카리는 날 놔주지 않을 모양이다.

"……좋아."

내가 좋아하는 향기라고 말했을 뿐인데, 어째서인지 부끄러워졌다.

"유토의 냄새 페티시는 여전하구나~, 정말."

신난 목소리로 귓가에서 속삭이는 소꿉친구에게, 나는 마음속으로 백기를 들 수밖에 없었다.

"뭐, 그 기분은 조금 알겠어."

그렇게 말하곤 내 귀에 아카리가 코를 킁킁대는 소리가 들려왔다.

"나도, 유토의 냄새를 맡으면 마음이 차분해져서 좋아."

평소처럼 활발한 목소리로 점점 돌아오기 시작한 아카리를 부끄럽단 이유로 떨쳐낼 순 없었다. 오히려 복수하듯이 아카리의 뒷머리에 손을 두고 일부러 콧소리를 냈다.

"간지러워…… 그래도, 괜찮아. 유토 마음대로 해도."

무방비하게 작게 웃으며 내 이성을 무너트리는 말을 꺼내는 아카리. 농담할 여유도 없어진 나는 모든 걸 포기하고 아카리에게 그냥 몸을 맡기기로 했다.

수치스러웠지만, 그 후 내게 안긴 채로 잠든 아카리를 공주님 안기로 그녀의 집 침대까지 데려다줘야 했던 것에 비하면 아무것도 아니었다.

◆

다음 날, 어젯밤의 일을 떠올리고 몸에 열이 오르는 것을 느끼며 밖으로 나오자 평소와 다름없이 웃는 소꿉친구가 있었다.

"좋은 아침! 유토."

"……좋은 아침."

어제 보여준 불안한 얼굴은 어디로 간 걸까. 오히려 평소보다 기분이 좋아 보였다.

"어제 옮겨줘서 고마워! 엄마한테 들었어."

평소와 다르게 바로 열린 엘리베이터에 올라타며 아카리가 말했다.

"어제는 뭔가 좀 불안했거든. 유토가 점점 변해가는 기분이 들어서."

내려가기 시작한 엘리베이터 안에서 아카리가 벽에 기댄 채로 중얼거렸다.

"……그럴 리 없잖아."

아카리의 눈에 나는 어떻게 보이고 있을까.

나는 내 변화를 알아챌 수 없다.

"아니. 변했어."

아카리는 작게 웃으며 조금 쓸쓸한 목소리로 말했다.

"그래도 괜찮다는 걸 알게 됐어."

엘리베이터에서 나와 자동문을 열며 햇빛을 받은 아카리가 기쁜 얼굴로 웃었다.

"유토가 나를 좋아한다는 사실은 변하지 않는단 걸 알았으니까."

콧노래를 흥얼거리며 앞장서서 걷는 소꿉친구.

산들바람에 실려 온 라벤더 향기가 어제의 기억을 떠올리게 했다.

그 후 일상은 변함없었다. 평소대로 등교하고, 방과 후에 함께 하교하고, 저녁 식사를 마친 후 아카리가 방으로 놀러 와 게임을 한다.

나는 그것을 막지도, 동참하지도 않고 내 할 일을 하며 시간을 보낸다.

잠시 후, 일을 끝마치고 온 나기사도 우리 집으로 와 만화책을 읽고, 가끔 아카리의 게임 화면을 보며 잡담을 나눈다.

스스로도 충만하게 느껴지는 생활.

이 공간은 내 마음을 무척 편하게 만들었다.

게임에서 진 듯한 아카리가 위로해 달라며 나기사의 품에 안긴다.

그걸 당황 반, 기쁨 반 섞인 표정으로 받아들이는 나기사. 나는 즐겁게 장난치는 두 사람을 바라보다가 문득 어떤 사실을 떠올렸다.

"그러고 보니…… 무라이한테 말하는 걸 깜빡했어."

아카리가 나기사의 배에 비비적대던 얼굴을 들고 내게 시선을 보냈다.

"뭐를~?"

"아버지에 관해서. 아이다한테도 말했거든. 시험 때."

"아~, 소꿉친구 특권 없애버린 그걸 말하는 건가……."

"그냥 비밀을 공유한 친구가 많아졌다고 생각해……."

과장되게 어깨를 늘어트리는 소꿉친구에게 황당하단 말투로 대꾸하자 아카리는 "농담이야"라며 가볍게 웃었다.

"그리고 나한텐 아직 백 개의 소꿉친구 특권이 남아 있거든!"

자신 있는 얼굴로 그렇게 말하는 아카리였으나, 나기사의 배에 얼굴을 묻은 자세로 말해봤자 웃기게만 들렸다.

내가 그걸 무시하고 손에 든 소설책으로 시선을 내리자

"우우~……" 하는 불만스러운 목소리가 들려왔다.

"아, 그리고 히나타한테는 말 안 하는 편이 좋을 것 같아."

아카리가 나기사의 품에서 벗어나 일어서며 말했다.

"아마 히나타라면 '그렇게 심각한 비밀은 말하지 말아 달라구요!'라고 할걸?"

아카리가 말투를 바꾸며 말했다. 저게 만일 무라이의 성대모사라면 30퍼센트도 닮지 않았다.

하지만 저퀄리티 성대모사가 개그 코드에 맞았는지 나기사가 재밌어하며 웃었다.

나기사는 몇 초간 웃은 후, 눈물을 닦으며 "그래도" 하며 입을 열었다.

"확실히, 히나타라면 그렇게 말하겠네."

"나기사도 같은 생각이라면야."

성대모사는 둘째 치고, 무라이와 사이좋은 두 사람의 의견이 동일하다면 숨기는 편이 좋겠지.

아이다도 비밀을 듣고 조금 부담스러워했으니, 성격에 따라선 정말 곤란해할지도 모른다.

다시 게임을 시작하는 아카리.

만화책에 시선을 두고 아까의 성대모사를 떠올렸는지 작게 웃는 나기사.

우리는 내일도 이런 행복한 일상을 보내겠지.

두 사람을 바라보며 나는 막연히 그렇게 생각했다.

후기

저는 '카쿠요무' 출신 작가입니다. 자유롭게 러브 코미디 작품을 쓰다 보니 운 좋게 연락을 받아 이렇게 책을 낼 수 있게 되었습니다. 카쿠요무 최고.

작가로서 출판은 경험한 적도 없거니와, 가능성조차 떠올린 적이 없어서 처음 출판 연락을 받았을 땐 심호흡을 하고, 계단을 뛰어 내려가 정원에서 날뛰었습니다. 농담이 아니라 정말입니다.

……후기에 뭘 적어야 할지 의외로 떠오르는 게 없네요. 제가 카쿠요무에 연재하기 전, 일개 독자 시절에 읽었던 책 중엔 후기가 10페이지나 되는 소설도 있었는데…… 그 건 엄청난 일이었군요.

그런 생각을 적다 보니 후기란이 점점 차고 있습니다. 어라, 꽤 쉽잖아.

자, 그러면 진지하게 돌아와서 이 책을 출판하는 데에 힘을 보태주신 여러분께 감사 인사를 전하겠습니다.

카쿠요무에 있던 저를 발굴해 주신 담당 편집 K님, 일 러스트레이터인 캇토 님, 교정 담당자 여러분, 그리고 전 부터 카쿠요무에서 본 작품 연재를 따라와 주신 독자 여러

분께 깊은 감사 인사의 말씀을 드립니다. 그러면 어디선가 다시 뵐 수 있기를.

제제제

IPPANJIN NO ORE O GEINOKA JOSHITACHI GA NOGASHITE KURENAI KEN. Vol.1
©Zezeze, Cut 2025
First published in Japan in 2025 by KADOKAWA CORPORATION, Tokyo.
Korean translation rights arranged with KADOKAWA CORPORATION, Tokyo.

일반인인 나를 예능과 여학생들이 가만두지 않는다 1

2026년 1월 1일 1판 1쇄 발행

저　　　　자	제제제
일 러 스 트	캇토
옮　긴　이	강유정
발　행　인	유재옥
이　　　　사	조병권
편　　　　집	정영길 조찬희 박치우 이소의 정지원 최유정 김혜주
디자인랩팀	김보라 전세연
디지털사업팀	김지연 윤희진 장혜원
라이츠사업팀	김정미 이지현 유아현
영업마케팅팀	최원석
물 류 팀	백철기 이새롬
경영지원팀	최정연
인쇄제작처	㈜코리아피엔피
발　행　처	㈜소미미디어
등　　　　록	제2015-000008호
주　　　　소	서울시 마포구 토정로222, 502호 (신수동, 한국출판콘텐츠센터)
판매 및 마케팅	(070) 8822-2301

ISBN 979-11-384-8884-6
ISBN 979-11-384-8883-9 (세트)